李贞 ◎ 著

我的人生我做主

台海出版社

图书在版编目（CIP）数据

我的人生我做主 / 李贞著 . — 北京 : 台海出版社，2022.1

ISBN 978-7-5168-3203-5

Ⅰ．①我… Ⅱ．①李… Ⅲ．①长篇小说－中国－当代 Ⅳ．① I247.5

中国版本图书馆 CIP 数据核字（2022）第 016360 号

我的人生我做主

著　　者：李　贞

出 版 人：蔡　旭　　　　　　　　　封面设计：树上微出版
责任编辑：王　艳

出版发行：台海出版社
地　　址：北京市东城区景山东街 20 号　　邮政编码：100009
电　　话：010-64041652（发行，邮购）
传　　真：010-84045799（总编室）
网　　址：www.taimeng.org.cn/thcbs/default.htm
E - mail：thcbs@126.com

经　　销：全国各地新华书店
印　　刷：武汉市籍缘印刷厂
本书如有破损、缺页、装订错误，请与本社联系调换

开　　本：880 毫米 ×1230 毫米　　　　1/32
字　　数：93 千字　　　　　　　　　　印　　张：5.75
版　　次：2022 年 1 月第 1 版　　　　　印　　次：2022 年 1 月第 1 次印刷
书　　号：ISBN 978-7-5168-3203-5

定　　价：68.00 元

目 录

愿望

正确的时间遇见你

又是一年，冬去春来。在三月的第一个星期天，吃过早饭，洗漱换衣。刘星月和姐姐刘明月两人在周六的晚上已经商量好，这个周日外出踏青。

星月看着镜中的自己有一点出神，一弯新月眉，文静中透着机灵的眼神，高高的鼻梁，微扬的唇角，无须擦脂涂粉，已经是肤如凝脂。只拿出口红稍作点缀，青春美少女的模样，已如出水芙蓉。

"星月走了。"听见姐姐的声音，星月转身看姐姐已整理妥当，盘起的头发下，是一张圆润饱满的脸，一对柳叶眉，一双灵动热情的大眼睛，姐姐比她大两岁，在一音乐学校上大学。而她学的是美术。

星月拿起一件粉色的风衣穿上，又梳了梳披肩长发，对镜满意地笑了笑，背了包，方跟着姐姐出了门。

"别玩太长时间了，下午还要整理作业去学校呢。"星月的妈妈站在门口，看着两个女儿出了门。

"知道了，妈。"星月回头，笑着和妈妈挥了挥手。

三月的滨江公园，已是春意盎然，万紫千红的郁金香灼灼耀眼，幽香在柔风里荡漾，和着蓝天白云浅唱。

周日的公园人来人往，络绎不绝。星月挽着姐姐的胳膊边走边看。

"星月，你看那边的杏花开得正浓，多美呀，走我们去那边看看。"姐姐拉着星月往那边奔去。

"林东。"姐姐欢喜地叫了一声。

只见一个 20 岁上下，身穿浅蓝色夹克干净利落的年轻男孩，探过头来笑着说："明月，你们也过来玩了。"

原来林东在杏树林里正在给一个男生拍照呢。

那男生，果真有如书中一句诗所述：陌上人如玉，公子世无双。玉树临风，剑眉星目，翩翩美少年一个。

"这位小美女谁呀？怎么没见过呢？"收了相机，林东回过头来笑着问。

"我妹妹星月。"明月笑答。

"星月。"宋晨晖低语。抬眼便与刘星月的目光相接。只见她俏皮的眼神里藏着一份惊喜。

"宋晨晖。"刘星月叫了一声还在失神看着自己的男生。

"你们两个认识？"林东、明月，两人异口同声，互相看了一眼，便又笑了起来。

"你好，星月同学，很高兴认识你！"宋晨晖回过神笑说，"你果真比照片更灵动。我在校报上看过你的画，见过你的照片，早听过你的名字。今天真是有缘。"说罢伸出手来。两人礼貌地握了手。

只见刘星月回说："你们诗友会的同学，谁人不识呢？校报上常有你发表的诗呢，今天正好，我带了画笔，我作一幅画，请你题一首诗如何？"

"既然星月同学提议，那我恭敬不如从命了。"宋晨晖话音刚落，只听林东笑说："缘分不在于相识的早晚，只在正确的时间遇见。星月小妹，你看我和你姐明月是同学，而你和我表弟晨晖是同一个学校。我们在这么好的时间遇见，真是有缘。你姐可是我们学校的明星，她的歌，唱得可好了，婉转悠扬动听，像黄莺一样，比黄莺还好听呢，你看我就是她的粉丝，忠实无比永不变心的粉丝。"说罢大家都笑了起来。

"照这样说，那我们可都算是熟人了，又在这么好的季节里遇上，拍几张照片留念吧。"宋晨晖笑着提议。

"好，好好。"林东随声附和。

一阵微风吹起，杏花簌簌飘落，四人便在这杏花微雨里欢笑合影留念。

"我有点渴了，你们谁要喝水？我去买。"林东拍完照，收好相机说。

"我和你一起去吧。"明月说完，回头看了一眼星月，"你们两个要喝什么？"

"我要一瓶茉莉花茶。"

"你呢？"明月的目光转向宋晨晖。

"她要什么，我也要什么。"宋晨晖瞟了星月一眼，和明月笑着说道。

"那我们去了，你们先在这里等着。"说完便和林东一起走了。

刘星月拿出背包里的画纸和画笔，在杏园的一处石桌上铺了，她边画，边和宋晨晖说："你知道吗？我想用我的画笔，画遍这人间的美景。就像这满树的杏花，它在我的笔下便是一幅春光潋滟的画，永不褪色，永不飘落，满目芬芳，春不走，冬不来。这就是画家存在的意义，也是一幅画的价值。无论何时看在眼里，都是明媚春天的气息。我想留住人间的美。想把每一个季节的花，用我的笔恒久地保留下来。"

宋晨晖此刻沉浸在星月说的梦想里，想着春天的杏花、夏天的荷、秋天的银杏，若是在她的笔下画出该有多美啊！待回过神来，一幅杏花图早已画成。那颜色，那花朵，在刘星月的笔下栩栩盛放，明媚，喜悦，纯净。

　　见宋晨晖看得出神，刘星月指着画说："这一处留白，是给你留的位置，我画已作成，请你题诗。"

　　宋晨晖接过笔，凝神片刻，于这杏花图的留白处写道：

　　杏花生胭霞，

　　盈盈暗香洒。

　　心自悦天下，

　　不负好年华。

　　刘星月读过诗，心生一片欢喜。所谓诗画通神，心有灵犀。他的诗，果真配得上她的画。遂说："我这画，因为有了你的诗，才那样充满生机，谢谢你宋晨晖。"

　　"在你的笔下，因为有这样美的画，才能生出这样明媚的诗。要谢谢你才是。"

　　"这幅画我留下做纪念。"刘星月收了画，又笑说，"说说你的梦想吧，我很想知道。"

　　刘星月走至一棵杏花树下，一袭长发落肩，粉色风衣下，白色荷叶边的裙摆完美地落在淡白色浅跟皮鞋上。微风拂过，花香飘落。

　　她回目浅笑，对上他明亮如星辰的目光。只听他说：

　　"我今年毕业便要去国外留学，已经安排好了。"

　　"那你还会回来吗？"星月若有所思。

"你想让我回来吗？"他笑着反问。

"当然，若你在，便多一个朋友。"

"好，只为你这'朋友'二字。我若回来定会见你。"

宋晨辉的话落在刘星月的耳朵里，便是一场如沐春风的喜悦。这喜悦让刘星月顾不得许多。她立即伸出小拇指笑说："我们拉钩为誓。"

"一言为定。"

待明月和林东买水回来，四人在春日的滨江公园，欢快地游走了一回。看时间已近中午，出了公园，找了一家饭店，吃过饭方散了，各自回去。

演播厅里的一场青春诗会

由学校发起，诗友会同学组织，全校师生参与的一场诗歌朗诵会，在五四青年节前的一个周六晚上举行。

话说这刘星月，从小学习画画。初中开始，周末、寒暑假除了画画，又学习了播音主持。朗诵自然不在话下。学校组织这场诗会，她便在班主任杨老师的推荐下，参加海选，过了初试、复赛，最后胜出。

而宋晨晖正是这诗友会的会员，兼本次诗会的参与者和组织者。

刘星月的不同，在于她能将诗中的感情，通过声音与眼神，表现得细腻委婉，让人在不觉中沦陷。她虽然与宋晨晖初次合作，却已十分默契。仿佛两人早已相识多年，今又重逢一般。

那晚偌大的演播厅，被前来观看的同学坐满。宋晨晖与刘星月，早入了会场在前排坐定。

7点30分准时开始。

两位年轻的节日主持人走上台，热情洋溢地说："亲爱的老师同学们，大家晚上好。"

"让我们沐着诗的乐章，
感悟生命最真实的模样。
愿我们相聚、相守，
共享这一段美好的时光。"

"让我们从青春开始，
记下梦想的痕迹。"

"第一场：
世界这么美好，被我们拥抱。"
"朗诵者：张岩"

带着憧憬来到人间，
没有饥荒战乱。
我们从出生，
便有无忧的童年。
世界这么美好，
被我们拥抱。
心怀感恩，
志在年少。

沿着梦的足迹，
踏遍千山万水。

我们的目光
是永不熄灭的火炬，
照亮黑夜温暖风雨。
就像同一天空下
此刻的我和你，
幸福在心微笑不语。

接下来是林林朗诵的：

人生

人生就像一片海洋，
可以潮涨，
可以潮落，
也可以静默。

就像花开，
就像花谢。
可以张扬，
可以歌唱，
也可以悄悄退场。

所以，
有喜悦就该分享，

有悲伤也可以相忘。

我想若是可以，
就让自由和梦想高于一切，
让我们都无悔今生的时光。

在林林的《人生》之后，是郝强和袁梦的《青春》。

青春（一）
从梦想初起，
到不言放弃。
从穿风越雨，
到披荆斩棘。
这就是青春的模样，
酝酿一场夺人心魄的清香，
在未来的岁月里芬芳。

青春（二）
亲爱的，
我们活着，
活在青春里。
就是耀眼

炫目，
即便流泪，
也从不轻易认输。

在两人深情的朗诵里，台下已有同学因感动轻拭眼角的泪……

掌声过后有四个男女同学走上台来，给大家鞠了躬，朗诵了五首诗：

许自己一个未来（一）
许自己一个未来，
让全力以赴
成为一种姿态。
莫等杏花开
海棠白，
青春荒过，
岁月蹉跎。

许自己一个未来（二）
无论是怎样的路，
我都愿意奔赴。
为生命里
那一片绿洲，

那一条河流，

那一份自由，

我愿倾其所有。

许自己一个未来（三）

我们都是汇入大海的支流，

选择了怎样的路径，

就选择了沿途怎样的风景。

风雨无常，

待谁都一样。

不一样的是，

我们心怀的梦想。

有人中途退场，

有人汇入海洋。

许自己一个未来（四）

如果可以

让悲伤少一点苍凉，

伸手给生活加一点糖。

让剪掉的翅膀

还能恢复如常，

风雨都能随心而翔。

活成我们想要的模样。

坚定不移

这一生，

假如你不曾残疾，

也不曾身患绝症，

那是上天对你眷顾的证明。

若你能灵通天地，

福泽世人，

这一生足矣。

在众师生的掌声中，结束了第一场的朗诵。

节目主持人走上台来微笑着说："感谢我们朗诵者精彩的朗诵，让我们再一次把掌声送给他们。谢谢！"

"接下来，是我们的第二场：致我和你相遇的时光。"

"请我校的宋晨晖和刘星月同学朗诵！"

在众同学的掌声中，两位从台下走到了台上，挥手向众人致意。

在优美诗意的音乐里深情朗诵：

初相逢

（一）

记得那年初相逢，
飞花里笑语盈盈。
一帘春梦，
几杯清酒，
醉在喜悦的午后。

（二）

是念念不忘的情怀，
是最最美好的期待。
是相思成灾的告白，
是转身开始的怀念。

相望一

（一）

昙花朵朵地绽放，
夏夜悄悄地满怀芬芳，
请为生命里拥有美好醉人的时光，
举杯分享。

不要等，

月落了，
风停了，
花谢了，
才知道这一切，
都错过了。

风霜带去的年华，
总不肯在记忆里生根发芽。
沉默着的伤和痛，
在岁月里不愿清醒。

（二）
低沉着岁月的痕迹，
滑过脸庞的泪，
变成伤，
有那么多的惆怅，
缠绵着不肯相望。

雁过，雪停。
春来 ，夏往。
有多少梦可以酝酿。

是谁辜负了，

这生命里最美好的时光。

红尘千丈，

却让眼中的泪，

心中的伤，

无处躲藏。

相望二

（一）

榆钱满树，

槐花飘香。

和风浅唱，

梦想飞扬。

所有年少里纯真的时光，

都因你微微含笑的目光，

特别闪亮。

你会忘记吗？

我曾经答应过你的，

要一生一世保护你。

命运在岁月的风尘里飞扬，

我却无法阻挡。

你离去时满脸的泪光，

让我今生怎么忘。

（二）
那年的杏花雨，
依旧如今日，
在青葱的季节细密交织。
芬芳流淌，
花香荡漾。
一如你转身时
喜悦的目光，
在我记忆中深藏。

半生时间，
已改的容颜，
怎么兑现
年少的誓言？

爱恨三千尺，
尺尺困自己。
悲喜如一梦，
偏偏锁愁生。

路

在时间里消沉了的，

可是 未实现的梦？

未了的心愿？

烟锁黄昏，

雨横夜幕。

那就此迷失了的，

其仅仅只是，

年少时，

要走的那条路？

当爱已用尽，

情已枯萎。

就让我沿原路返回，

不在你的世界里卑微。

剑走偏锋

（一）

剑走偏锋，

赴一场名利荣辱。

若我与你这场争锋，

注定要分输赢。
我情愿你的剑，
再伤我一遍。
这样前世今生，
你我便不再相欠。

（二）
酒不能解千愁，
心不能被囚。

只是 在等待里，
这一场爱
要怎样救赎？

我与你的今生，
要怎样博弈，
才能回到最初？

情字
人生最是情字难了。
当我终于能
回眸一笑，
抛开所有的困扰。

才知道：
我与你的今生，
彼此没有伤害才是最好。

如果可以

如果可以，
让喜悦植心入肺。
让每一个有你的日子，
清新雅致，
欢天喜地。

如果可以，
让时光永不老去，
停在你我最美好的日子。

如果可以
今生今世，
愿你我
都活成自己想要的样子。
即便雨骤风狂，
那又怎样，
都挡不住眼中的光芒。

宋晨晖与刘星月在众人的掌声中离了舞台，在演播厅里，找了位置坐下继续观看。

主持人在台上宣布第三场朗诵的主题是：生命原本的模样。

几位男女同学上场，依次朗诵：

树的种子

（一）

我是一棵树的种子，

注定要长成原本的样子。

所以　即便流泪，

也不会　匍匐着枯萎。

（二）

走出冬日的严寒，

姹紫嫣红，

在春日里肆意茂盛，

那是花的芬芳与树的信仰。

它们不畏困境

不负生命。

乐观灿烂让人感动。

真相

既然时光已经不能逆转，

既然命运已经在弦。

出发吧，

飞到我们执意要去的地方。

不管是丰盛还是荒凉，

它都曾经让我们满怀过希望。

不是吗？

生命的本意，

就是让我们不断地体会真相。

然后学会宽容，

学会相忘。

位置

此生 今世，

你将自己放在了

哪一个位置？

是核心，

是角落，

还是被忽略。

无论哪一个，
都需要你深情地爱着。
不枉今生，
不悔来世。

生命道场十里洪荒

生命道场十里洪荒，
你要以怎样的姿态成长？
当有一天，
你窥见了，
自己真实的模样。
找到了，
自己想去的地方。
即便沼泽，
你也能涉水而过。

心有方向，
触摸喜悦和自由的力量。
生命道场十里洪荒，
困不住飞翔的翅膀。

活着

(一)

无论你输得多惨，
即便生无可恋，
也要留一口气，
给自己，
缓一缓，
渡这最难的关。
因为
死从来都不是解脱，
是另一种
在冥界的无尽漂泊。
并且没有解药。

(二)

活着虽痛，
但有无限可能
如果有阳光的地方，
你都觉得寒冷，
地狱冥界就不要去了，
因为
你会后悔。

（三）
活着的人
有活着的责任。
死了的人，
在地狱冥界各凭本事。
而你需要思考的是：
既来红尘
生而为人，
你该有一番
怎样的作为？
让你的
今生 不白活一回？

（四）
无尽的寒冷饥饿，
是冥界的常态。
你凭什么认为，
死了就有优待。

没错，
冥界是
我们每个人

最后的归宿。
无论贫穷富贵，
殊途同归。
而你的今生
才刚刚起步，
你确定自己
又要回到原处？

问自己？
功德　修为　业绩。
你有什么资本可以傍身？
死后谁能确保你的安稳？

红尘虽陋，
阳光可以穿透。
如果你想，
沐着阳光，
怎么都能柔韧着成长。

包围圈
就算最初汇聚的光芒已散，
深陷逆境的包围圈。
风雨雷电，

再无平安。
从匍匐在地
到重新站起，
谁的人生不是山穷水尽
柳暗花明。
逆境重生，
是最后
也是最好的决定。
所有的挫折，
都只为重新锻造你自己。

坚定不移

风 来去无情，
在暖阳无法抵御的寒冬。
而我竟有一种感动。
为冰下求生的鱼，
为旷野沉寂的土地，
为片片风干的枯枝。

我想，它们一定知道。
在短暂的失意与停留之间，
它们酝酿的，
不仅仅只是一场梦幻。

它们在等，
等生命复苏之后的强劲和勇猛，
等丰收的喜悦。

我明白了，
对于生命的历程，
它们满怀的不只是虔诚，
还有赋予灵魂的极度热忱，
包括对抗风雨和灾难的意志，
包括坦然和毫不畏惧。

路径

让我们从年少开始，
练习坚韧的品质。
不怕挫折，
一次次跌倒，
一次次重来，
直到找到自己想要的渴望的未来。

因为 走过喜悦，
所以 不畏惧挫折。
只要 活着，

生命 就还能茂盛，
心 就还能沸腾。

一场梦，悲喜交融。
醒了 就换一种。
自由于我们，
就是在不同的时空，
找到实现自我价值的路径。

活着就该有一种方向，
深植灵魂永不褪色。
无论贫穷富贵，
守住喜悦的本真。

　　节目，在众人的掌声中结束。宋晨晖和刘星月随众人出了演播厅。

　　外面的夜晚，明月如镜，星光满天。两人一路走着，有一搭没一搭地说着话。

　　只听宋晨晖说："你能送我一幅画，做个纪念吗？"

　　"你这么快就要离开了吗？"

　　"下个月，已经定好了时间。"

"你能为我写一首诗吗？我是说写给我的。"

"好，你送我一幅画，我送你一首诗。"

"那就等下次见面，我们互给对方。"

"好。"

分　别

那是一个中午，杨老师还未进班，已有吃过饭的同学陆陆续续进班。刘星月刚进教室坐定，环顾四周不过有八九个同学而已。大家都在整理书本，想着下午之后便离校各奔东西。张倩倩忍不住说:"时间过得真快，一转眼便要毕业了。"

未及人答话，一男生窜了进来，直奔刘星月处，那男生平头方脸、皮肤略黑。

"牛军？你怎么来了？有事吗？"刘星月愕然问。

牛军只笑着，不知何时从衣袖里抽出一支玫瑰，双手捧着，执于刘星月的面前，一字一句说道:"送给你……"话没说完，又顿了顿，清了一下嗓子继续说道，"送给我心中的……"

不等牛军说完，刘星月笑说:"牛军，时隔已经两年，想不到你还这般让我惊讶？"说完于桌上翻出一个笔记本，抽出一张便签，写完塞于牛军的手中。"我还有点事，要出去一下，不奉陪了。"说完匆匆起身离开了教室。

望着刘星月离去的背影，牛军有一秒，怔在了那里。

就在牛军愣怔的那一秒，旁边一男生因好奇一把抢过了那便签，拿在手里大声朗读起来：

缘分于你我而言，
也许
心远　地偏。
原谅我
始终无法窥见，
那生于心中　属于你的誓言。
即便如今日这般，
你站在我的面前，
今生今世，
你我亦只限于擦肩。

　　　　　　——摘自李贞的《尘缘》

那男生读毕，嬉笑说："牛军，你没戏了。"
谁知那牛军竟捂脸号啕大哭起来。
"男子汉，哭啥呢？花送我了。"
听到有人和自己说话，牛军放下捂在脸上的手，见那支玫瑰花不知何时已被张倩倩拿在手中，而且正笑意盈盈地望着自己。
又一阵窘境，牛军要钻地缝的心都有了。正所谓：不是冤家不聚头啊！牛军暗暗叫苦不迭。夺过那男生手中的便签，顺势塞在张倩倩的手中。一溜烟出了教室。

张倩倩拿着那便签轻念：

缘分于你我而言，

也许

心远　地偏。

原谅我

始终无法窥见，

那生于心中　属于你的誓言。

即便如今日这般，

你站在我的面前，

今生今世，

你我亦只限于擦肩。

——摘自李贞的《尘缘》

张倩倩念毕，收了玫瑰，折了便签，又叹了一口气说："这是从什么时候开始，流行了李贞的诗。"

一女同学接话说："你不知道吗？李贞的诗，这几年在校园流行得很，火爆着呢。看来你落伍了。"

"或许吧。"张倩倩应了一声，方回自己座位去。

话说刘星月为躲避牛军匆忙离开教室，走至楼梯转口与正上来的人撞了个满怀。抬头看时惊呼："宋晨晖。"话还未说完，便被宋晨晖不由分说牵着手，飞奔下楼至校园拐角一棵树边停了下来。

"送给你的。"宋晨晖拿出早已准备好的笔记本递到刘星月的面前，说道，"不负约定，给你写的诗，在这笔记本里了。"

刘星月接过笔记本，正欲翻看，忽被一人顺势夺走。

来人留着齐耳短发学生头，一副婴儿肥的娃娃脸，幽怨地说："宋晨晖，你即便送笔记本给同学，也总不能少了我的一份吧。我与你相识三年，而她……"那谢芳芳好似特意拉长了声音，目光重又拉回到刘星月的脸上，带了几分不屑，说，"我们三年的感情，你们认识不过短短几个月。"

不等谢芳芳再说下去，宋晨晖一把夺了那笔记本，拉着刘星月的手笑说："我们快走，实在没有必要和无关的人耗下去。"说罢两人即飞奔而去。只留谢芳芳在那儿气得直咬牙跺脚。

待跑到教学楼前，两人暂停歇息，互望而笑，宋晨晖重又把笔记本递给了刘星月。刘星月刚接过笔记本，还未来得及与宋晨晖说上一句话，身后便传来杨老师的声音："刘星月同学，该回班里了，放假前，我还有重要的事情向大家宣布。和我一起进教室吧。"

"好的老师。"刘星月回头看见杨老师站在楼梯口处，正准备上楼去教室呢。

"杨老师好！"宋晨晖向杨老师招手问好。

"你看，杨老师在那里等我，不多说了，笔记本我收下了，你在此稍等片刻，要送给你的画，我已准备好了，只等给你。等我，别走开。"刘星月笑着和宋晨晖挥了手，转身随杨老师上了楼。

不一刻，拿了一幅画，飞奔下来。

那宋晨晖接过画，将刘星月拥入怀里，万分不舍。

只听宋晨晖说："这一别，便是海角天涯，归期未定，愿你珍重。"

"你也一样，珍重。"刘星月顿了顿又说，"杨老师还在班里，我要回教室啦。再见。"说罢离了宋晨晖的怀抱，转身飞奔上楼。她不敢再多停一刻，泪已流下，只怕被他看见……

自此一别，刘星月与宋晨晖分别亦有六年有余。那时在滨江公园的留影，姐姐、林东、宋晨晖和她刘星月。花样的年龄，花样的季节。都在这杏花微雨的照片里，成了一种纪念，成了一种永恒。看着这张当年她和宋晨晖两人唯一的合影，刘星月的心有一种莫名的痛。因那一别，在后来六年流去的岁月里，没有宋晨晖的痕迹。只有那时的照片和这张照片背后的留言，依旧清晰如昨天。这是宋晨晖的笔迹，是她看了便不能忘的记忆。

是相遇时，
彼此的心跳，
是回眸时的微笑，
喜悦弥漫了眉梢。

放下照片，再看那年笔记本上他写的诗：

给你
缘分是一场欢乐，
遇见你，
便再也不愿错过。

今生今世，
若是爱过一次，
那便是我把所有的心动，
都给了你。

若他年再相遇，

我未娶，

你未嫁。

就让我们

牵手走到白发。

　　经过流年的沉淀，她已不再是当初的女孩，她用六年的时间完成了自己的梦想，成了一个出色的画家，她把诗与画完美融合在一起，诗中有画，画中有诗。这也让她的作品呈现了一种独有的灵性与美感，她的画成了炙手可热的艺术品。

　　六年，改变的不只是我们的容颜，还能让努力的每一个人实现自己的梦想。

　　星月成立了自己的画室，和朋友开了一间画廊。姐姐明月成了家喻户晓的知名歌手，林东是她的经纪人。他们正在筹办一场慈善义演，邀请星月参加。

重　逢

　　本市著名歌手刘明月专场演唱会，著名画家刘星月诗画展览慈善拍卖会的海报一经贴出，星期日上午7点左右影红歌剧院的大门前已是人来人往，川流不息。

　　8时许，一辆黑色轿车缓缓停在歌剧院的门口。一位身穿黑色休闲服的青年男子，从车里走出。他剑眉星目，温文儒雅。他便是美国一家上市公司的董事长宋晨晖。他在美国读书期间，接管了姑姑留下的公司，由于姑姑一直身体不好，公司一度举步维艰。经过六年的时间，公司扭亏为盈，而今资产已近千亿。

　　而宋晨晖此次回国也只为了刘星月。看了今天的海报宋晨晖的心是激动的。因为他们都实现了自己当初的梦想！

　　与宋晨晖一起的，还有他的私人助理张岩。进入会场，舞台之下是容纳近万人的观众席。而今会场已爆满，基本座无虚席。幸好他们早已预订座位，是第三排的中心位置。舞台之上，灯光音响，布局已是恰到好处，有一种盛世古今融合之美。

"尊敬的各位来宾、各位朋友、兄弟姐妹、先生女士，大家上午好！欢迎大家欣赏刘明月专场演唱会以及刘星月诗画展览慈善拍卖会，此次所得款项全部捐给山区筹建学校。"女主持人娓娓道来，"第一个节目请大家欣赏别样的风情·"诗歌与舞蹈的完美融合《爱在杭州》随着轻音乐的响起，诗歌在朗诵者的口中缓缓流淌。

一

执一把天堂伞，
走过细雨绵绵。
醉在
西子湖畔，
灵隐山前。

品一杯龙井香茗，
一碗桂花香酒，
浓了眷恋的乡愁。

二

是西子湖畔的
烟波醉柳。
是香樟树下的

桂花香酒。

是多情的杭州，

温柔了，

绝世缤纷的丝绸。

于万千繁华里，

只一个瞬间，

便被她的惊艳，

魅惑了双眼。

舞者踏着音乐，从细雨飘落的西湖，穿越时空走到了绝世缤纷的丝绸盛世。唯美得让人忘了尘世。

在音乐的变换里，刘明月盛装出场，一曲《最是人间好》。

大屏幕里的桃花灿烂盛放，然飞雪纵横，也挡不住明艳的姿容。婉转的歌声飘满大厅。

最是人间好

琴声悠扬 / 舞翩翩，

归来我们 / 正少年。

浅浅笑 / 在眉梢，

今生怎么 / 也忘不了。

飞雪纵横 / 花妖娆，

山水如画 / 别样好。

春醉人间 / 人醉春，

相逢便是 / 有缘人。

面如桃花粉，

目若清泉纯。

喜悦眉上绕，

最是人间好。

一曲已终，刘明月笑说：请大家和我一起再唱一首。音乐起，歌声起，大家沉醉在《我们》里。

我们

既然爱情要走你无法挽留，

那就痛快地哭一场放了手。

转身看天高云淡花儿灿烂，

让我们微笑和过去说再见。

我们要珍惜现在的每一天，

因为我们有最美的青春，

最美的容颜 最喜悦的笑脸，

我们还有那最深情的双眼。

阅尽世间繁华 / 温暖春秋冬夏，

活得潇潇洒洒。

一曲唱罢，刘明月和大家互动又唱了一曲：

让我的歌声陪你走

谁能让时光停住不走，
让这一刻的欢乐永久　保留
就让我的歌声陪你走，
无论是黑夜或白天，
让你感觉不会再孤单
微笑和往事挥挥手，
看自己美丽依旧，
还那样潇洒自由。

就让我的歌声陪你走，
海阔天空任你游。
冬去春来不惹愁，
风霜雪雨也无忧。
快乐就在你左右。

刘明月歌曲唱完，台下掌声一片。接着请出的是刘明月的朋友邓楠，与刘明月合唱一曲《别无所求》。

愿所有的爱能长长久久，
爱了就不要轻易说分手。
红尘里风雨总不离左右，

我们的心中谁没有伤口。
就让我牵着你的手，
一起走过所有转角路口，
相亲相爱永不分手。
这一辈子还有什么忧愁，
就让这一份爱永久保留。
回首心中是满满的温柔，
喜悦挂满眉梢额头。
有你相守今生别无所求。
有你相守今生别无所求。

最后刘明月为大家唱了一首她的成名曲：

最美是杭州
月美是中秋，
最美是杭州。
西子湖畔，
灵隐山前，
春秋冬夏，
百媚千颜。
山水变幻，
喜悦流转，
不改我们

45

深情的眷恋。

月美是中秋，
最美是杭州。
香樟树下
有一幅画，
画中是
天堂的人家。
月下的桂花，
香飘天下。
醉了这千年的繁华。

刘明月的歌声谢幕，掌声雷动。随着主持人的
到来，后边的大屏幕，已是青山绵延，杜鹃璀璨。
"大家好，接下来我们欣赏的是诗画名家刘星月
老师为我们带来的作品，请看大屏幕。"主持人转身，
目光看向大屏幕，后又面向观众，"这是刘星月老师
的《百里杜鹃》图。"

百里青山生杜鹃，
三月花似彩霞绚。
莺歌燕舞蝶翩翩，
最美还是在人间。

46

主持人话音刚落，前排便有一中年男子，四十多岁的样子举手站起，"请问这幅画起拍价多少钱？我买了。"

听到他的话，全场一片骚动。那些沉浸在画里的人，此刻清醒过来，你一言，我一语地说："谁出的价格高给谁。"

"大家静一静，听我说完。"主持人稍作停顿继续说道，"星月老师是名家，这次所得款项将全部捐赠给山区用于筹建学校。星月老师今天展出的画一共有 5 幅，起拍价 10 万一幅。"

"我出 15 万。"

"我出 20 万。"

"我出 25 万。"

不一会工夫，拍到 80 万。最后仍是那个势在必得的中年男子以 90 万的价格得到此画。

第二幅《栀子花香》图。

为了与世界相望，
你酝酿一场倾世的芬芳。
沁心入魄，
把时光封锁。
那一刻，

洁白　温柔了眼波，
喜悦　从心海漫过。

　　诗与画的结合，美得让人移不开目光。这次宋晨晖势在必得。这是星月的画，就像星月本人，那样宁静芳芳，让人难忘。最后击败了诸多对手，以100万的价格夺得。

　　第三幅《玉兰花》图。

执一袭鹅黄淡雅的彩妆，
就这样在春日的暖阳里盛放。
笑意盈盈，
一树幽香，
洒满这静谧的时光。

　　这幅画以80万的价格被一位优雅的中年女士收藏。

　　第四幅《春风十里》图。

春风十里，
万花香袭。

思念盈枝，
心生欢喜。

众人被刘星月的诗与画征服了。诗美画更美，人们沉醉了，啧啧称叹。这幅画被一位老者以100万的价格拍得。

第五幅《春醉海棠》图。

盈盈春醉海棠娇，
最是让人忘不了。
粉面凝脂浅浅笑，
三分喜悦入眉梢。

这幅画最后被一位外国朋友以105万的价格收藏。

在紧张热烈唏嘘不已的气氛中，众人又欣赏了一段《天上人间》诗与舞的灵动。

天上人间

一

相比月宫的嫦娥，
永生永世那样孤单寂寞。

我更喜欢人间的模样，
没有清规戒律，
可以尽情尽兴地欢喜，
也可以相拥而泣
共担风雨。

上天创造了
千年不老的传奇，
会让我们羡慕和痴迷。
问自己，
如果在千年的时空里
永不老去，永远孤寂。
你还会不会心生欢喜。

二
阳光，
雨露，
恩泽了人间全部。
即便黑夜漫长，
即便雨骤风狂，
我们依然心怀梦想。

因为阳光洒向心灵的种子，

会生根，发芽，

开花，结果；

会让我们心生喜悦。

并且　我们愿把

这种喜悦，

散布在

黑暗和风雨的每一个角落。

所以人间永远不会寂寞，

我们可以幸福着快乐。

　　演唱会与拍卖会就这样在喜悦的欢愉里结束。人们高兴而来尽兴而归。最后在主持人的引导下依次离场归去。

　　待众人离去，宋晨晖由工作人员引领来到会客室，见到了林东和刘明月。

　　"晨晖。"林东一脸的惊讶与欢喜，"这一别多年，你怎么舍得回来了？"

　　"想你们了，还不成？"宋晨晖笑说，"今天中午我请客，当赔罪。"

　　"你从美国回来，是我该为你接风才是。说什么赔罪呢，岂不见外了。"林东让宋晨晖坐下。明月为他们二人倒茶。

　　"明月姐，你还是原来的模样，容颜未改，美丽依旧，还像当初我们几人在滨江公园碰面时一样，人美歌也美。"宋晨晖笑说。

"时光催人老啊！你看我都长皱纹了。"明月笑说。

"明月姐，怎么没见星月？她好吗？"

"她正忙着赶制一幅私人定制的画呢，那人着急要。她都没有时间来参加我的演唱会。"

"时间也不早了，我们去吃饭，边吃边聊，岂不更好。"林东提议。

后三人一起开车离开了影红歌剧院。

此时刘星月正在聚精会神地作画，她没有时间参加姐姐的演唱会以及自己作品的拍卖会。一个挪威的客户，通过朋友联系到她。希望她帮他完成一个心愿，画一幅木棉花图。他昨天从广州来到这里，明天便启程回挪威。经过朋友的再三劝说，星月答应了。因为星月的作品是诗与画的灵动美，这也是一般画家所不具备的品质。所以她的画很受追捧。

木棉花，星月也喜欢。前些年星月和姐姐去过广州和珠海，四月正是木棉花盛开的季节，朵朵红艳如火般璀璨，让人移不开眼。它是南方的花，有一种炙热的惊艳。而在寒冷的北方，人们是无缘看见的。这也是那个客户深情喜欢的缘由。

放下画笔，星月满意地再一次细致看过自己完成的作品，看手表已是下午 1 点 30 分。洗了手脸，梳过头发，便听见张嫂叫她吃饭。来到餐厅，张嫂已经将做好的两菜一汤端上了桌。

"张嫂，你也过来吃饭了。"星月看张嫂还在厨房忙，便叫了一声。

"你赶快吃吧，我吃过了，你看看时间都快2点了，我做好饭有一阵子了，怕打扰到你不敢叫你，我就提前吃了，没有等你。"

星月吃过饭，便上二楼休息了，留张嫂一人收拾打理。

话说宋晨晖、刘明月、林东三人，在酒店吃过午饭，聊天到3点左右，宋晨晖讲了自己在美国的经历，话说自己一直单身，又问了星月是否已经嫁人等情况。明月和林东将实情一一告诉了宋晨晖，并开车将宋晨晖送到星月处。

星月住处是一个三层楼的别墅，车停在门前，三人下车。听到动静，张嫂从屋里出来，看见是明月他们便笑说："明月你们来了。"接着又看了一眼仪表不凡，温文尔雅的宋晨晖，不敢妄言。

"星月呢？"明月问。

"她画了一个上午的画，一直到下午快2点才结束，现在楼上休息呢。"张嫂回说，"到屋里坐吧，我去叫她。"

"不用了，"宋晨晖看了一眼张嫂，又转向明月说:"明月姐,你和林东哥忙了一个上午了,都没有好好休息,要不你们先回去,我在这里等星月。"

明月看向林东,林东会意,笑说:"那好吧。这里交给你了,有什么事给明月和我打电话。"

"我会的。"宋晨晖笑说。

"张嫂,这位是宋晨晖,我们的贵客,星月的同学。你好好招待,那我们先走了。"

"放心吧,明月。你们路上慢点啊。"看着明月的车开走,张嫂说:"宋先生,屋里请。"

"张嫂,你见外了,我是星月的同学,叫我晨晖好了。都是自己人。"

两人说着,来到了客厅。张嫂招呼宋晨晖在红木茶几边沙发上坐下,倒了杯茶。

客厅的摆设高雅简洁,整个墙幕是银白镶花的丝绸,北边一组乳白色的屏柜中间放置一个超薄大屏液晶电视。东边沙发靠墙是一幅大约长 1 米 5、宽 1 米的画,画中是城市的一角非常优美,看着犹如身临其境,美不胜收。画左上角有一留白,留白处有《宛城图》字样,诗曰:

飞鸟林中歌,
蝴蝶花间歇。
绿水绕城过,

彩霞满天落。

宋晨晖看得出神，起身走到画前，又细致地看了一遍。说："张嫂，我想到星月的画室看看可以吗？"

"好，你随我来。"张嫂说着穿过客厅，往西转推开一扇门。又说："这间就是了，你进去吧，我不打扰你了，有事叫我就行了。"

张嫂走了。宋晨晖走进这间屋子，迎面而来的是一张大约长 1.5 米、宽 1 米的《春满山河图》。真是青山隐隐碧水流，花香四溢扑面来。画中有诗曰：

水阔芳草青，
蝶舞花玲珑。
芬芳香暗涌，
翩翩落眉中。

北边是落地的淡紫色郁金香窗帘。东边挂了李贞的宋体诗，从上往下依次是：

思念
是你飞扬的青春，
拨动我的琴弦。
站在离别的渡口，

为你弹一曲思念。

这思念，
千回百转。
就算天涯路远，
为你永不改变。

给你
情入红尘，
爱已生根。
看尽繁花似锦，
走过落英缤纷。
你仍是我心中
最爱的人。

路
一
这世上，
纵有雨雪风霜，
也挡不住，
心中温暖炙热的梦想。

愿这世间万千风景，

不能魅惑你的眼睛。

即便黑夜，

也能找到回归的路径。

路

二

今生的你，

要以怎样的姿态，

行走世界？

心生愉悦，

目藏精彩。

于万千繁华里，

逍遥自在。

宋晨晖看得痴迷，这一首首荡气回肠的诗，要怎样一个超凡脱俗的人才能写出。自己原来年少时的那点爱好，已是自愧不如。

南边靠墙是一组银灰色铝合金文件柜。柜前是一个约 1.5 米长、1.1 米宽的红木放画办公桌。桌后是一把红木靠背椅。前面有两个画架。

看完了诗，宋晨晖的目光落在了办公桌的一幅画上。那画红若彩霞，似火璀璨，格外炫目。走近看是一幅《木棉花图》，一条弯曲的小路绵延向远方，路两边是璀璨似火的木棉花喜悦盛放，引人无限遐想。

画有诗曰：

你是遗落人间的火焰，
热烈璀璨，
开满一棵树的枝间。
喜悦沸腾，
光彩重生，
闪耀无限可能。

看过《木棉花图》，好奇心让他掀开了办公桌前用白色绵绸盖住的画架。左边是宋晨晖记忆犹新的《夏荷图》，是那年离别时刘星月送他的画，他从没有忘记。而眼前的画正是当年的模样，一池碧绿圆润的荷叶中，芙蓉出水，清新雅致，留白处是他当年曾在校报上发表的一首诗：

夏荷
夏日灼灼，
一池清荷。
碧波荡漾，
心生幽香。

这么多年了，他的诗，她还记着。她的画他又何曾忘记过？

右边是一幅《桃花图》，画中桃花朵朵饱满，枝枝灿烂，笑傲人间。

画中有诗曰：

胭脂染桃红，
百媚暗香生。
天地任纵横，
只为醉春风。

这边闹钟铃响，吵醒了星月，看表已是 4 点。星月起床，换了一件浅蓝色碎花束腰连衣裙。洗脸梳头上妆。时间在她的脸上，没有留下沧桑的痕迹，只是最近太忙，有一丝疲惫。略施薄粉便无痕迹。原来的长发披肩，被她烫成了波浪卷，平时作画都高高盘起。只闲暇时梳下，给人一种妩媚细腻的美。

这是一种星月不曾留意的美，这种美落在男人的眼里便是一种诱惑，一种赏心悦目难以言说的喜悦。

因为客人有约，说要 5：30 左右来拿画，星月对镜笑了笑，便起身下楼。刚到楼下，见张嫂笑着走来说："星月，你同学来了，是以前我从没有见过的，也没有听你提起过的。我也不知道用什么词形容好，反正是仪表不凡，不容小觑，可又很温和的那一种男人，总之是女生见了多半会生出点小心思的男人。"

"说重点。"

"3 点左右，你姐林东和他一起来的。你在休息，他们说不让叫你，后来你姐和林东走了，只剩下他一个人，说在这里等你。"

"叫什么名字？"

"宋晨晖。"

一石激起千层浪。是他吗？那个毕业后没有一点消息的他回来了吗？

"他在哪里？"

"你的画室。"

星月直奔过去推开门，看见一个身穿黑色休闲服，留着偏分头，干净利落的青年男子，正看着前不久她画的那幅《夏荷图》出神。

或许是听到推门声，那男子回过头来，二人目光相交，时间仿佛在那一个瞬间凝固了，星月眼中的宋晨晖，仍如当年耀眼。而今又多了一份睿智、沉稳，让人移不开眼。目光里仍如那年被星月捕捉到的是喜悦、眷恋，还有欲说还休的誓言。星月一时万千感慨，正如一首诗所言：

站在你的面前，
喜悦溢出眼底，
变成泪　模糊了记忆。
原来　在我青葱年少的心里，
你来过了，
便不曾消失。

"宋晨晖，是你吗？"星月喜悦的目光中已有泪盈出。

"是我。"宋晨晖说着走上前来，深情地将星月拥入怀中。

"对不起，星月。让你久等了。"

"这些年你好吗？为什么没有一点消息？"

"你所有的疑惑，我会慢慢讲给你听，但不是现在。"宋晨晖深情地看着星月的眼，一字一句地说，"星月，请你再给我一次机会，让我把往后的余生，所有剩下的岁月都留给你。好吗？"

"你欠我的，理应补偿我，我会连本带利讨回来的。"星月的目光里仍是那年的欢喜。

"那我宁愿你这辈子也讨不完。"宋晨晖笑说。

"那就今生来世一起弥补。"星月笑意盈盈的眼神，落在宋晨晖的眼里，便是一种极致的魅惑。不等星月说完，宋晨晖便吻上她的唇。

这个女子，他早已爱入骨髓。只是这样的喜悦、这样的幸福，他今日才体会到。愿以后的每一天都有她在身边。

星月被宋晨晖这样紧紧地拥抱，深情地热吻，她迎合着他，醉在深深的喜悦里。她爱他，从那年见到他的那一刻开始，就不曾变过。

心有了停靠的港湾，全是幸福的柔软。两人此刻的心，正如李贞的诗——《愿望》所言：

从雪停到雾散，
从开始到怀念，
多少日与夜随心起伏澎湃，
汹涌如海。

愿情长，
愿爱在，
愿那些被荒废了的岁月，
都不重来。
愿我和你不会再分开。

完结于 2020 年 7 月 28 日南阳丰源小区

婚前协议

不是你不能选择婚姻，而是你既然选择了，就要预备一颗坚韧的穿越暴风雨的心。所以从牵手的那一刻起，你便要告诉自己，前路无论有怎样的艰险，你都要有活下去的勇气。相融的婚姻，是你想要的他能给，而他想要的你也能给得起。

　　人生是一场没有回程的旅途，每个年龄都有特定的使命。从一个少女的花季开始，便与感情千丝万缕。从情窦初开，到喜悦相爱，到结婚生子。我们从少女到女人，到成为某人的妻子，到成为某个孩子的母亲。这一个个特殊身份的转换，会让人浴火重生，经历千锤百炼，咽下所有之前未尝过的怨言。直到转身风轻云淡，看见自己的心仍是那样勇敢，倔强着从未改变。

—— 题记

没有撑伞的女人

余生

情入酒一醉方休，

醒来时满天星斗。

余生不能共白头，

离别何须生忧愁。

读着李贞的诗，李如意笑了，笑着笑着就流泪
了。她的人生多像诗中所写的那个女子：

没有撑伞的女人（一）

被你伤了的心，

它千疮百孔。

触摸着还那样疼痛。

是你认定了，

我不会离去，

所以你这样无所顾忌？

我是一个没有撑伞的女人，

赤脚行走在你的暴风雨里。

没有人护佑，
赤裸裸地被雨淋透。

没有撑伞的女人（二）

在所有晴好的时间，
我没有想过
要备一把伞的私念。
想今生有你陪伴，
即便风雨雷电
前路艰险。
因为有你同行，
我心生温暖。
不怕风雨黑暗。

没有撑伞的女人（三）

终究是我错了，
这颗曾为你，
滚烫炽热的心，
原来只感动了自己。

你要的太多，
而我，
除了一颗心，

再也拿不出什么。

没有撑伞的女人（四）

就这样
一颗心在风雨里飘荡。
找不到可以藏身的地方。

这是我爱过的人，
给我呈现的
人生最真实的模样。

没有撑伞的女人（五）

前无出口，
后无退路。
难道要在无尽的风雨里，
等待着耗尽生命。
一无所有，
天不护佑。

没有撑伞的女人（六）

匍匐在地，
奄奄一息。

突然在积水的雨里，
看见自己现在的样子
憔悴陌生得无从辨认。

我挣扎着向前移去，
再一次细致地辨认自己。
这不是原来的我，
原来的我，
曾那样喜悦。

没有撑伞的女人（七）

自从与你并肩，
便再无人护我周全。
一路风雨，
将曾有的喜悦全部吹去。
你还是你，
我不是我。

山穷水尽，
我拿不出
买一把伞的本金。

没有撑伞的女人（八）

这一生，

就这样看着荒废。

无动于衷。

悲凉　沁心入脾，

无处安放。

这是你给我的

致命伤。

没有撑伞的女人（九）

这困围我的一方天，

即便再怎样坚固，

也无法将我自由的心束缚。

从满怀喜悦与你相爱，

到最后载一身疲惫离开。

我终于知道了，

自己想要什么样的未来。

没有撑伞的女人（十）

留一点私念，

为自己撑一把伞。

风雨来的时候，
至少自己可以护自己周全。

最怕一厢情愿，
一无所有，
还在等别人顾念。

没有撑伞的女人（十一）
让失去神采的眼眸，
回到最初最美的时候。
即便繁华褪去，
一身素衣。

你还是你，
自由里的欢喜，
只有自己能给得起。

再曲折的路程，
只要依心而行，
便不负此生。

女人呢，到了适婚的年龄，心便开始慌了。最
怕是没有样板，你不知道你嫁的他有没有风险。有

道是：一言不合，便暴力相向，分道扬镳。

都说女人心海底针，那么男人的心呢？可有想过做了别人的丈夫，便要好好地爱护。

这世间，欲望太多，终成枷锁。一段美满的姻缘，是你想要的他能给，而他想要的你也能给得起，这就是婚前契约。心有灵犀，此生不悔。同舟共济，遮风挡雨，共享彼此。

可是，世间哪有那么多心有灵犀、彼此吸引的人，我们只是凡尘俗世的一员，抛不开金钱名利的枷锁。所谓婚姻只是你祈求自己能遇上对的人。

女孩们，请为自己的人生做一个规划，首先问自己：你想做一个什么样的人？你有什么样的优势，比如绝世的容颜、出众的才华、高人一等的情商，让你在自己所处的环境里如鱼得水？如果你是这样的人，那么恭喜你。因为未来无论你遇到一个怎样的男人，你总有自己辨别的能力、纠错的能力。至少你不是一个依附于别人的人，所以幸福对你来说没那么难。只要你想要，一个顺水推舟便水到渠成，无须逆境重生，也无须逆风飞扬。

那么，你真正了解自己吗？在你跨入大学，未来，你想要做什么？你想要一个什么样的前程？你怎样去把握自己，造福社会，实现自我价值？你打算把自己目前的学习提高到一个什么样的高度？

当你真正认清了自己，处理问题不再只依靠别人时，你就会知道自己喜欢什么样的人，想和什么样的人在一起，而不是盲目地、仓促地随便找一个人把自己嫁掉。那样的后果风险太大，或许会让你今后举步维艰，如坠深渊。当然，自己的选择都是自己承担结果，没有谁会替你买单。所以，婚前必须擦亮你的双眼。

要知道，只擦亮双眼还不够，还需要婚前协议。

你看上的男人，你的心被他的哪一种特质吸引？

财富，权力，相貌，才华，诚意，善良……无论哪一种让你心动，一切都是在有条件的框架里存在，若两情相悦，世间便是最美的风景。若无缘，也可执手相看泪眼，互相道别，转身扬帆，驶向自己想要的另一片天。感情里的女人，最怕偏执，拿得起放不下，伤了自己。

婚姻里被困扰的痴男怨女，互相撕咬怨恨。一幕幕悲剧，惊心动魄，让人悲痛不已。一个在医院待产的 22 岁的孕妇，在是顺产和剖宫产之间与婆婆发生争执，产妇想剖宫产，婆婆怕花钱执意要求顺产。看着婆婆一家子的强势和不作为的丈夫，还有无能为力的自己，她选择了最决绝的方法，告别了世间。她从医院的四楼窗户处，带着未出世的孩子一跃而下，一尸两命。

一个女子，若不曾嫁人，靠着自己的双手谋生，是不是到老都会平安无事？反而是嫁了男人，惹出那么多的是是非非，让未来变得扑朔迷离，不可控制，这其实也是一种悲剧。

婚前协议可以让我们更加了解彼此，避免不必要的悲剧。纠错是关键，不然悲剧一定不能幸免。这是两个人结婚前后，必须面对的考验。

人生没有我们想象的那样轻松，家家有本难念的经。最怕日积月累，那鸡毛蒜皮的小摩擦在心中生根发芽，成长为相爱相杀。

爱与恨若走了极端，会蒙蔽我们的双眼，对与错无法分辨。

当你举刀相向，对别人造成伤亡时，可曾想过，等待你的是终身暗无天日、生不如死的牢房？

所以，放下屠刀，立地成佛，是我们每一个成年人，有必要选修的功课。

我们从降临到这个世界开始，便担负着家族的责任，被寄予厚望。

父母盼子成龙，望女成凤。可是，谁又真正清楚自己今生的使命？

正如一本书中所言：

即便你是一个勇士，披荆斩棘，一路从不停息，但是一颗心，假如没有铠甲护佑，进入战场，注定

73

伤亡。

　　铠甲是什么？铠甲是你年幼时，最亲近的人给你输入的程序。若这个程序里少了泰然自若的欢喜心，未来无论你在哪里，遇到挫折都会心生恐惧，并且伤口无法自愈。这也是家庭教育中父母应该为孩子选修的一项专利。若孩子有了相信自己的欢喜心，便有了铠甲——抵御挫折的能力，未来便有了成长为自己的能力。

　　生命赋予每个人的意义都不一样。有人保家卫国，有人悬壶济世。所以，活着，就想法活成自己想要的样子，才不辜负这一世。

　　看李贞的诗：

问心
头顶一片天，
脚踏一方土。
心字中间住，
善待所有物。

世间人人莫忘记，
最后走时需谨记：
问清自己去哪里？

修大善者行大爱，
上天入地皆自在。

界限

愿我们都能跨过束缚的界限，
心生绵密的温暖。
即便风霜雨雪，
也挡不住绽放的喜悦。
尘世间纵横，
笑对人生。
这也是我们每一人
该有的心胸。

无论生活待你怎样，即便你已跌入谷底，也无关紧要。只要生命还在，你便可以重来。

所以，你知道所谓的苦大仇深，只是此刻你心中的臆想，并不是真正让你活不下去，要索你命的那根绳索。若你能真正跨过这道关口，外界所有的幻象都不能将你左右。

这李如意，便是在婚姻夹缝中求生存的人。

她没有被收割，大多数的时候还要感激李贞的诗。

话说 70 后的那一代人，大都没有那么幸运。因

为家庭条件的限制，当时村里考上一个大学生，都
要欢喜地大摆宴席。那一代人的婚姻也多半是经别
人介绍的。不像 80 后、90 后，以及再后来的年轻
人，大多是自由恋爱。在他们那个介绍对象的时代
里，没有婚前协议，所以绝大多数女人的悲剧是隐
性的，是不为外人所知的。而今天的时代是开放的，
所以婚前协议，也是尤为重要的。

就像李如意自己，就是一段婚姻里的悲剧。没
有婚前契约，没有协议，仓促地跳了进去，最后在
婚姻里卑微的没有了自己。网上有一句话，是现实
里她的写照：真是连一个保姆都不如，至少保姆有
工资，保姆干的不顺心了还可以跳槽。但是她不能，
她还有孩子。

43 岁的李如意，已经是两个孩子的母亲了，从
纺织厂下岗也有三年了。没有了工作，在家照顾孩子。

时间一长，好像整个家都没有了往常的平静和
谐，鸡零狗碎、一点小事都能让丈夫周平搞得天翻
地覆、鸡飞狗跳。那往日的并不深沉的情分，就在
这些个柴米油盐、鸡零狗碎的争执里消磨殆尽。

"李如意，咱们这日子没法过了，钱你不会挣，
饭也不用心做，又生了一个笨手笨脚的儿子，你还
不好好教育，你说说看，我怎么就瞎了眼，娶了你
这样一个女人？有何用。"周平下班回家，看见儿子

在看电视，没有写作业，便一头怒火烧向正在厨房做晚饭的李如意。

这也不是什么稀奇事了。找事吗？想找总是会有的，鸡蛋里还能挑出骨头呢。

李如意无语，不想接话，她知道，接了话，不过是又要上演一场鸡飞狗跳。给谁看呢？儿子吗？他不过是一个上小学五年级的孩子。看见他爸爸回来，急忙关了电视，赶紧拿出作业本，一生不响地回屋写起作业来了。面对这一幕，李如意的心是悲凉的。对于教育孩子，前段时间她看过现实中的悲剧。现在给大家分享两个真实的故事：

故事一：心无依傍的男孩

还是一个伸手向父母要钱的学生，他的心是卑微的。他的父亲是暴躁的。两个世界，两重天，谁也无法体会各自世界的悲凉。他压抑着，父亲暴躁着，母亲无奈着。

人间是什么？在他的眼里，只有利益。就像你拿了别人的钱，就一定要竭尽全力为别人办事，达到一种别人想要的目的。而他已深知其中的滋味，这些年顶着诸多的压力，不敢有一丝松懈，竭尽全力，却仍然无法达到父亲的期望。在这个世上，因着上学，因着在上学的这条路上一定要出人头地，因这世间只有这一条路可供他选择，而他在这条披荆斩棘学习的路上，年深日久跋涉与奔走，心衰力竭。没有心灵的滋养与救治，他最终无奈决绝地沉没了自己。

在高考前的十多个夜晚里，他辗转难眠。自来这人间一趟，心中竟无比的荒凉！他从来都不曾舒展过，他甚至已经忘了绽放的滋味，或许他从来都不曾绽放过，所以绽放对他来说是个多余的奢侈的词。

高考过后，再无留恋，决绝地结束了自己年仅18岁的生命。他留下遗言回赠父母：

今生亲人一场，很遗憾没能给你们带来所谓的荣耀一场。我们就此离别分散，谁也别再挂念。不让无妄的痛苦，在我们之间重演。今生来世，永生永世，愿我们此后都不会再遇见。

后记

可曾想过，当孩子不在时，父母的余生又该如何安排？

故事二：情归何处

这是一个轰动全国的案例。一位北大高才生，披着光鲜的外衣，却用极端的方式，将自己的母亲杀死。他甚至还妄想瞒过所有人的眼睛。但天网恢恢疏而不漏，他无从抵赖。

一个家庭和社会，至少要用二十多年的时间才能培养一个人才。但像他这样的"人才"，心中没有温度，就像是一头被人钳制在手里的牲口。只需那人扬起鞭子，他就得乖乖听话，并且无从选择。

或许最初的最初，听话、优秀，是他身上的标签。或许恰恰是这个标签成了限制他的短板。在人才济济的北大，他如汇入大海的一滴水，观念一旦被颠覆，所有曾经的辛苦付出、得来的荣耀和价值，便顷刻间崩塌再也无法筑起。没有人救治，一颗心低落到尘埃里。

而他已经长大，可悲的是母亲的心仍停留在当年。这或许就是悲剧的伏笔。他突然觉醒，他的人生不想被别人操控，哪怕母亲也不行。

他想说服母亲，给他自由，让他绽放，哪怕遍体鳞伤，总能飞到自己想去的地方。

为此他甚至夜夜难眠，但终于没能过自己的关。一个少年才俊，与自己经历了怎样的殊死搏斗，以为没有母亲就剪断了所有束缚。我们不得而知，是什么样的教育，让他偏执地走上了不归路。

后记

亲爱的孩子，因为你还年轻，所以你从没有真正考虑过余生。

如果你想，天涯海角，总有藏身的地方可以逍遥。

若是手上沾了血，往后余生，谁愿与你结伴同行？

这一幕幕的悲剧，原因不全在于父母。因为父母爱孩子的心是赤诚的。最大的原因可能是：因这份爱深沉，在教育上用错了方法。时代不同了，没有了饥饿，衍生了攀比。而攀比是漩涡，你不知道自己在哪一刻会被洪水吞没。

生于这个时代的孩子，大都又是孤独的，没有共情的小伙伴，心灵上又得不到父母的滋养。人若心无依傍，其实活在世上，亦如孤魂野鬼般凄凉。

所以父母待孩子，也要如李贞所写的诗那般：

父母与孩子（一）

温和是一种责任。

暴力是一种伤痕，

一旦养成了习惯，

会让　成长，
变成一种灾难。

父母与孩子（二）
当攀比成了一种焦虑，
它时刻碾轧我们的心理。
当强迫成了一种常态，
双方是一种无奈。
快乐被压扁，
批评成习惯。
如果悲剧上演，
无人能幸免。

父母与孩子（三）
愿所有的孩子，
有父母的守望。
心怀梦想，
喜悦成长。
即便逆风也能飞扬。

父母与孩子（四）
愿所有的父母，
心生阳光，

照亮孩子前行的方向。

做一盏灯，

温暖长情。

让成长的人，

因为感恩

不畏惧任何困境。

李如意这一生的愿望很简单：有一个温馨的家，过平常人的日子便可。但人生的平常里，总是藏着意外。

李如意在有了一个女儿后，意外地又生了一个儿子，生了儿子后，又意外地下了岗。

婚姻，偏偏经不起意外。一次次意外，对一个女人来说会是致命的摧残与伤害。

而李如意正在经历这样的磨难。常听着丈夫周平刻薄的话，李如意的心是压抑的。她不是那种泼辣大胆的女人，她知道自己骂也骂不过，打也打不过。索性闭嘴不语，任他发泄，自说自骂累了，也就自己停止了。也许就是因为这样的纵容，才导致他们的儿子周明明胆小怕事、少言寡语，学习成绩一直靠后。这不是李如意想要的结果。

她曾想过，要独自带着自己的孩子谋生，不让周平刻薄的话语脏了儿子的耳朵。婚姻，因为多了一个孩子，因为下岗走到了尽头。李如意的心是酸的。40多岁的女人没有工作，没有学历，没有一技之长，再荒废，还能怎样？但是她的儿子不同，人生才刚刚开始。

儿子从小学五年级到高中毕业，还需要七年的时间，一生中关键的时刻没有几个七年，虽然她知道儿子并不很聪明，资质平平。但是他有自己的优点，他勤奋，诚实。如果不出意外，也能上一个普通的大学。但此时，如果自己与周平离婚，本就沉默寡言的儿子又该如何面对这场离异？李如意彻夜难眠，陷入焦虑里。

有那么一刻，她甚至可怜起周平来，就像李贞诗中所说：

天道（一）
妄念太深，
贪字附身。
丢了性命，
误了终身。

天道（二）
心被困扰，
灵魂出窍。

失了本真，
迷了方向。
枉来人间一场。

生命道场十里洪荒（一）

生命道场，
十里洪荒。
岁月布下天罗地网，
你要以怎样的姿态飞翔？
去寻找此生
心中的向往。

生命道场十里洪荒（二）

没有选择。
出身，
是你此生
修行的第一道场。

抱怨，
是此行路上的
风雨雷电。
一场雨，
便是一场灾难。

它会让你的心改变。

生命道场十里洪荒（三）

姻缘，

是你此生

修行的第二道场。

取舍是成就你的底线。

包容，

是你对自己，

也是对他人的顾念。

抱怨，

是你对自己，

也是对他人的反感。

心已经一目了然。

问自己，

这条路，

你还能走多远？

生命道场十里洪荒（四）

你想要的，

终究

要通过自己去实现。

海纳百川，

自如圆满。

你离海的距离还有多远？

生命道场十里洪荒（五）

天道无常。

情深不寿，

慧极必伤。

生命的道场，

从出生开始，

每一个人的起点

都不一样。

因为看不见的前世，

注定你今生

以这样的姿态出场。

荣华富贵。

有人从出生，

便触手可及。

有人终其一生，

无缘企及。

生命道场十里洪荒（六）

如果抱怨成为一种习惯。

生命的道场，

便是困扰你的藤蔓。

终其一生，

困于里面。

荒凉是一种必然。

生命道场十里洪荒（七）

生命道场十里洪荒。

有人凭飞檐走壁，

一身本事，

逍遥天地。

有人喜乐平凡，

随遇而安，

心中没有被困的天。

李如意知道周平的心入了"魔道"。因为小时候家贫，所以长大后会对钱财的欲望格外强烈，想要过大富大贵有钱人的生活。

可周平只是一个普通的教师，只有一份普通的收入。所以便把期望寄托在另一半身上，希望通过另一半来实现自己儿时的梦想。

这是他们结婚之后矛盾日渐凸显的端倪。李如意下了岗，没有了收入，这让周平觉得自己看错了人，李如意不但没能实现自己大富大贵的梦想，现如今还要伸手向自己要钱。这是周平打心眼里不能接受的现实。所以心中愤愤不平，哪怕一点小事都能让他火冒三丈，搞得鸡飞狗跳。

　　李如意是个极爱读书的人，在上高中那年，父亲给人建房，不小心从房顶摔下，胸骨腿骨严重骨折，为给父亲看病，她家雪上加霜，借了外债。一家人那时一天只吃两顿饭。李如意便就此休了学。不过让人欣慰的是，父亲的病好了，没有落下什么后遗症。

　　李如意还有一个妹妹李如敏。这个妹妹，聪敏，泼辣大胆，敢作敢为。妹妹大学毕业后，便留在了上海工作，不常回来。

妹妹回家

今年春节，妹妹、妹夫还有他们的儿子，与在上海上大学的女儿周冰冰一起回来过年。因为父亲年岁大了，早年生活辛苦，如今落下毛病，时长吃药不济，卧病在床不能起身。留母亲一人在家照料，李如意也时常回家看望。那个春节，都是在父母家里过的。只几天时间，妹妹便看出他们夫妻间的端倪。那晚，吃过饭，李如敏让所有人先回房睡觉，只留下周平，说自己不常回来，想要和姐夫说说话。

客厅里，如敏泡了一壶茶，给周平倒了一杯，说："周平哥，以前你待我姐挺好的，为什么现在变了？"

"是你姐变了，对什么事都不上心了，就连一日三餐，都没有以前做得用心了。也不似以前那般体面了。不知怎的，看见了她，我心里就有一种莫名的火想要燃烧。有时我也知道自己不对，话说得重，伤了感情。可我就是控制不住自己。"

"不是你控制不住自己，是我姐的懦弱忍让，纵容了你的得寸进尺，才让今天的你觉得自己很了不起。我说的对吗？如果我姐和你是一样的人，针尖对麦芒，你们的这一段婚姻早已经散场？家是用来守护的，不是用来撒气的。我今天看到的，是你膨胀的欲望，可很无奈的是，你的职业让你一筹莫展，只是一份普通的收入，它填不满你的欲望。于是你把气撒在我姐身上，因为她没有给你带来你想要的所谓富贵一场。"

"你姐太固执了，怎么说都没用，现在我都说累了，她还是一样我行我素，不顾我的感受。你说我们当初就怎么结婚了？现在我都迷惑了，她一点也不是我想象中的结婚对象，她不符合我的条件，没有理想，不知道奋进，现在就更堕落了，班也不上了，不上班也就算了，把家打理好也行，关键是家都打理不好，做什么都不上心。跟我想象中的差太远了。"周平叹了一口气。

"据我所知，在你们结婚的这些年里，我姐上班挣的钱都补贴家用了，而你为了求个一官半职，钱都用来铺路了。路铺好了，我姐也没用了。所以你便有诸多借口，找我姐的不是了。"

"如敏，怎么和你说呢？"

"实话实说，不要得了便宜还卖乖！当初你和我姐处对象的时候，你一个人，每月拿200多元的工资，和我姐成了家。现在差不多二十年过去了，你们的女儿都已经上大学了，两套单元房、两间出租的门面房，你觉得靠你每个月的死工资，就能落下这些房产？我想从你参加工作到现在，不吃不喝，存下的钱你也买不到一套房子。你觉得我说的有错吗？"

"如敏……"

"你在欺负我姐，婚姻始于喜悦，败于挑剔和嫌弃。你从什么时候开始变了心？或者说你从来都没有爱过我姐？只是当时利益驱使，现在你的目的达到了，我姐没有利用价值了，你便原形毕露了。"

"你怎么说都行吧。"

"周平哥，我姐纵有缺点，在你眼里不完美，可天下间哪有完美的人？又哪有完美的事？若是我姐挡了你的大好前程，你想做陈世美，我姐不会做秦香莲。秦香莲这个女人太傻，傻到她不知道如果一个女人挡了一个男人的前程，这个男人会要了她的命。周平哥，我想知道的是，在你与我姐的这段婚姻里，你扮演了一个怎样的角色？至少在我看来，你不是一个好丈夫。"

这时的周平沉默了，他从上衣口袋里掏出火机，点了一支烟，想着如敏的话出神。

"周平哥，你年少时心中所想的女生是什么样的？现在看来一定不是我姐那样的。周平哥，我很好奇，离开我姐你会找一个什么样的女人？"

"如敏，说说你吧，你心目中的男人是什么样的？"面对咄咄逼人的李如敏，周平转移了话题。

"周平哥，我的眼光可高了，在我上大学选专业的那会儿，我就知道自己想要什么样的前程。我是说我的前程，或许那时跟男人一点也不沾边。你知道我上的是财经大学，硕士学位。现在是上海一家外贸公司的财务总监，年薪是七位数。一个人对自己的未来需要有规划，这是我父亲从小教育我们的，不给政府找麻烦，不给社会添负担。这是我们家做人的基本信念，与贫穷富贵无关。我知道自己想要什么样的人生，这样的人生我没有想过与哪一个男人有关。我靠自己的奋斗实现。周平哥，你呢？"如敏接着说，"你上了师范学院，选了教师的职业，有没有想过大富大贵离这个职业太遥远？"

"我不甘心，可又无能为力，我恨自己，恨我出身贫困的家，我恨你不上进的姐姐。"周平缓缓地吐了一口烟，幽幽地说，"如敏我不如你，我没有你的格局，没有你的胸襟，也没有你那般的规划和前程。"

"周平哥，我知道你是一个不甘平庸的人，当初你就不该娶我姐。你要娶的是一个可以帮助你实现梦想的人，成就你不甘平凡愿望的人。富家大小姐、政界要员的女儿，才是你理想的另一半。除此之外，如我姐这般平凡的都不是你的菜。你走到今天半辈子了，才知道自己的遗憾。不过还不晚，人呢，这辈子不过就是图个圆满，入了土不留遗憾。"如敏接着说，"从你嫌弃和挑剔我姐的那一刻开始，有没有想过我姐的感受，她因为爱一个人，选择了包容。你因为不爱，选择了暴力和愤怒，把来自个人的所有怨气和不满，撒向婚姻中的另一半。伤人伤己只怕终酿悲剧。"

"我知道。"

"你现在也40多岁了，按说也该成熟了。婚姻不是儿戏，再找一个又怎么样呢？开出你的清单，列出你的条件，写一个婚前协议。无论谁违反了，都要受到惩罚。例如：长相，年龄，有无疾病，能给你带来多大收益，爱你到什么程度，做到什么地步让你满足，生个什么样的孩子，孩子要有一个什么样的前程……条约上首先要写得清清楚楚，无论哪一个条件不符合标准，你都可以把她踢出局，互不欺瞒。只有这样的婚姻你才能高枕无忧，事事顺心。否则的话无论你和谁结婚，都会头皮发麻，因为你想要的别人不一定愿意给，而她想要的你也不一定都能满足。不信你可以贴出你的征婚启事，如果有人应征，那我恭喜你，决不阻挡你美满幸福的人生。"李如敏的一番话说得周平一时无语，陷入了短暂的沉默。

　　过了半晌周平才又说道："你和妹夫梁晨的感情好吗？你过得幸福吗？"

　　"梁晨是我大学的同学，因为他的家庭背景，我一度退缩过。他父亲是开工厂的，资产上千万，不是我们普通老百姓可以企及的。"

　　"那为什么你又选择嫁给了他？"

　　"因为我想通了，我们是以同学的身份交往，不是社会上的带有功利性的交往，没有身份高低的限制，他喜欢我是纯粹的，我喜欢他是平等的。仅此而已。所以你看，他到如今对我仍然一往情深。我们互相包容，和谐幸福。"如敏接着说，"你和我姐就不一样了，你没有善待我姐，因为你没有把我姐当过恋人，你将你自己主观的喜乐强加在我姐的身上，我姐稍不如你意，你便横眉冷对，暴跳如雷。这是你和我姐婚姻里相处的模式。"

　　"不全是你说的那样，所谓清官难断家务事，我和你姐，我也不知道怎么过着过着就远了，看着她对我那样冷冷淡淡，我心里的气难消啊。"

　　"积怨越深，气越难消，你和我姐本无深仇大恨，但是年深日久，已成气候。说者无心，听者有意。说出去的话如泼出去的水，怕是冰冻三尺，非一日之寒。你和我姐今后何去何从，外人无从插手，今天，你还是我姐夫，只要你还是我姐夫一天，就请你善待我姐一天。我的请求对你来说不是什么难事吧？"

"如敏，我知道该怎么做了。"

"我们都要对今日自己的所作所为负责。未来会有怎样的结局，都源于今天我们种的因。"如敏看了看手机又说，"周平哥，你的心情我了解，站在各自的立场上，我们谁都没有错。因为没有错，所以，谁都没有必要说刻薄的话去伤害另一个人。能和，则欢喜的和，不和，则好聚好散。一辈子，谁都想心里图个痛快。但痛快于每个人的意义不同。有人随遇而安是痛快。有人追求富贵名利是痛快。我们只有明白了自己，活成了自己，才不枉来这世间走一回。"

周平吐着烟圈，陷入沉思。

见周平无语，如敏顿了顿起身说："周平哥，时间不早了，我们不聊啦，休息吧。"说完便起身独自上楼去了。

空荡的客厅里，只留周平一人落寞地吐着烟圈……

春节过后，李如敏一家与李如意的女儿周冰冰一起开车离去，回了上海。

生活，使又回归了日常。

终是分别

周平，是那种穷怕了的男人，从小缺吃少穿。而今买了车，有了房，在外面人模狗样，回到家里耀武扬威，却怕李如意多花一元钱。在一个钱字上面，计较到以"元"为单位算账，这就是两夫妻现实生活中的真实模样。

从一开始，周平就是一个想借助女人上位的男人，而今李如意已经没有了利用价值，一个没有利用价值的女人在男人的眼里无论怎样，都是多余的存在。周平身上的戾气没有随着年龄的增长减弱，反而是一触即发，自己都控制不住。而李如意是一个平和的人。两个人的观念在40多岁的时候仍背道而驰。分手已是必然。

就在两人离婚的前一夜，周平亦不忘诉说自己的委屈，好像他此生没有发大财，全是被李如意所累。

那天吃过晚饭，儿子周明明回房间写作业。留了李如意与周平在客厅。

周平说："李如意，因为我小时候吃的苦够多，所以我不想我的人生过得比人差。所以在上学时我拼命学习，才有了今天教师的职业。本想着和你在

我的人生我做主。

一起，我们会苦尽甘来，结果全是失望。现在你让我怎么跟别人说，说我老婆下岗了，什么都没干。我那么要强的人，你去单位问问我比谁差？可是我的老婆，随便找一个都比她强。我们结婚快二十年了。这二十年来，你挣了多少钱？除了补贴家用外，你的存折上还有多少钱？又生了一个不机灵、不聪明的儿子。我是搞教育的，自己的儿子都教育不好，又怎么去教育别人的孩子？你说，我的前半生怎么就毁在了你的手里？是我眼瞎才看上你，本想着你怎么也是城里人，虽然没有上大学，也应该比乡下人有想法，能干出点事业来。可是这么多年过去了，我一无所获，你反而又下岗了。你说，我又怎么能看得起你呢？"

李如意苦笑，"这些年，你已经把要说的话，都说了好多遍。就因为儿子，我想给他一个完整的家。现在我明白了。我不能因为儿子就用婚姻来绑着你，是我亏欠了你，是我辜负了你，是我高攀了你，是我对不起你。你是大学生，事业有成。我一事无成，如今反而下岗了，更是没有什么作用了。你的后半生，确实不该被我拖累。你应该有更好的生活。你的人生不应该架在这婚姻上面，如被火烤一般。把所有的不如意都发泄在家里，而这个家里只有我和孩子。你的人生这样痛苦，既然因我而起，那就由我结束吧。谁也不需要再去改变彼此，容忍彼此，承受这样无尽的痛苦。离了婚，放彼此一条生路，对你对我都是解脱。"

那夜是他们的儿子出生后唯一的一次平和的谈话。一般的情况是李如意在他的面前只能装哑巴，不能有自己的见解，不能有自己的思想。一切要听从他的安排，他的话就是他们家的圣旨。这些年，儿子耳濡目染，小小的年纪，眉峰紧锁，心惊胆战。

这样的一个家让李如意害怕。以前的周平还有几分平和，还有几分笑脸。而今都不见了。在家发泄不满，成了他日常的功课。

原来李如意以为不离婚是对孩子的保护，现在，她不这么想了。如果一个孩子在这样的家庭长大，从小不被父亲善待，心中装的都是父亲的批评责骂、贬低与人格上的侮辱。无论他怎样努力都达不到父亲的要求，那未来的他又该怎样灰心丧气。这不是李如意想要的结果。

既然委曲求全换不回孩子愉悦的笑脸，那离婚便是最好的决断。

那夜谈话后，李如意睡得很踏实。无畏无惧，轻松惬意。

就像一本书中所言：

都说轻装上阵，谈笑风生，一路披荆斩棘，也从不觉得恐惧，才是少年人和成年人该有的样子。

但看这世间，我们活成了什么样子。丢失了欢喜心，人间也便成了地狱。

这世间最无辜的是孩子，小小的本该欢喜的生命，却因着成年人的喜怒哀乐，在无法选择的恐惧里颠簸。年深日久，生命若没有被温柔以待，终会铸成无法弥补的伤害。

大多孩子的悲剧，皆因父母而起。做人父母，需给到孩子良好的品德，坚韧的欢喜心。那么未来无论孩子经历怎样的挫败，都能重新站起，心生欢喜。

悲喜皆由因，愿我们身为别人的父母，常种善因，才能育有善果。在教育孩子的路上我们都做对了，便是功德无量。

成年人也一样，无论处在怎样的当下，是否有无畏的欢喜心，取决于年少时父母输入的程序。未来的你，要过怎样的人生，取决于你怎样配置现有的程序。而这个程序与外人无关，只取决于你自己。所以未来你是否快乐，跟别人关系不大。如果你不能获得当下的平常心与激励自己的欢喜心，很遗憾，你需要反思自己配置的程序，原因不在于别人。

可我们偏偏忘记，每一个成年人，都曾经是孩子。所以做人父母，不能因为自己，误了孩子。

李如意与周平两人最终协议离婚。现有两间出租的门面房，归两个子女所有，用于学费支出。两套单元房，李如意与周平一人一套。女儿跟李如意，儿子跟周平。经两人协商，儿子高中毕业前，由李如意照顾。

这天下，谁没有了谁，都可以活。在彼此没有遇见的前二十年里，纵然有苦有乐，但是没有心酸绝望。是婚姻摧毁了我们单纯的心，让一切变成了灰色，变成了雨吞噬一切。正如李贞有诗说：

余生（一）
若我与你的今生，
没有相遇。
生活会不会就是
另一个样子。
没有错误疼痛，
不误终生。
我们可以自由地跨越
一切风景。

若是这样，
你我不必悲伤。
退出便是最好的模样。
当爱没有了温度，

余生又怎么会幸福。

余生（二）

原来没有余生的相逢，
只是过客，
不是归宿。
可偏偏那时的我们
都不清楚。

余生（三）

情入酒一醉方休，
醒来时满天星斗。
余生不能共白头，
离别何须生忧愁。

可怕的是女人嫁了人，就像平白无故多生养了一个儿子。你要照顾他的衣食起居，满足他的各种欲望，想方设法给他最大的利益，最后还要听他的唠叨埋怨，时不时还要忍受他对你的不屑一顾。

婚姻没有了共享，你我便是路人的模样。这也是我们每个人应该知道的真相。

你的心态，就是你此刻看到的世界，是好是坏，都在这一刻存在。若婚姻同舟不能共济，外加风雨来袭，你要准备一颗坚韧的穿越暴风雨的心，即便沉船，也要有活下去的勇气。

曾经最佩服有人这样说："我不嫁豪门，因为我就是豪门。"

多张扬自信的心态。为自己的前程打拼，为自己而活，这个时代赋予了我们更多的选择。没有必要在一段已经枯萎的婚姻里干耗，说着悲情的话，博取同情。你的自由，是你加了锁的密码。我们都是来自不同家庭的小孩，有着各自的喜好和偏爱。

七年后，李如意的儿子上了大学，父亲久病去世。现在的她和母亲悠然自得，以收房租为生。平日里除了照顾母亲外，便读书参禅。正如一首诗所言：

岁月静好
青山常在，
绿水长流。
参禅悟道，
岁月静好。

是啊，人生若不能以喜剧落幕，那么平安便是最好的归宿。

李如意这一生虽然平凡，但是她完成了自己的心愿。她没有给社会增添负担，她培养了两个大学生，尽到了为人母亲的责任，所以心无遗憾。

若一段婚姻里，既没有你心中的鱼可得，又无现实里的熊掌可获，那么婚姻就是一种枷锁，早晚会让你心灰意冷想着去挣脱。既如此，你又何必多此一举，走向坟墓再破土而出，最后重归自由。凡事想清楚了再做决定。婚前各拟一份契约给彼此，这样可让未来少一分争执，多一分相融。

人生是一场没有回程的旅途，若选择了婚姻，就需要爱护忠诚。

人生的暴风雨在婚姻里尤为凌厉，走过的人，都是坚韧的人。让我们向他们致敬。

成为你自己

人生中所有的选择，只为成就你自己。如果在未来里或者某一段关系里，你变得越来越不像自己，迷失了航向，便会沉没在人生的海洋里。反省，检讨以及修正会变得尤其重要。让愉悦的心随我们的脚步重启，让自由变得触手可及，这是我们今生对自己唯一的爱惜。

这一生，有人似花美丽芬芳，有人似树一世常青，有人似水温柔深不见底。但无论哪一种，都在彰显自己的本性，让这世界因为拥有不一样的风景缤纷炫目。所以，让我们成为自己，在红尘里微笑着逍遥美丽。

——题记

走出家门

青葱的田野

青葱的田野，
你多久没去。
灿若星河的花，
已经满地。

生命以这样的姿态绽放，
是深爱自己的力量。
欢愉是一种滋养，
愿我们沿着自己的路径飞翔。
风雨无悔，
见证最美。

宋佳读着李贞的诗，心生狂喜。是啊，我们在生活的角落、时间的缝隙里，忙碌奋斗拼搏，独独忘了取悦自己。

李贞的诗让她忘情，让她迷恋。一时间竟忍不住读出卢米：

遇见未来（一）

做最精心的准备，
赴一场时光里的无悔。
无论意料之中，
或是意料之外。
心若为此盛开，
便能遇见未来。
不负现在。

遇见未来（二）

就像等一场花开，
等一场雨去，
等一个梦落地。
等某一个时间，
遇见更好的自己。

走过喜悦（一）

因为走过喜悦，
所以不畏惧挫折。
只要活着，
生命　就还能茂盛，
心　就还能沸腾。

走过喜悦（二）

即便大雨滂沱，
汹涌成河。
淋湿了梦想，
冲走了倔强。
那又怎样？

只要你还活着，
淋一场雨，
过一条河，
转一个弯。
你想要的
不曾放弃的，
终会以另一种方式，
与你相遇。

走过喜悦（三）

如果你的天空，
没有了雨雪，
你不会知道，
拥有阳光的欢悦。

愿这世间的风雨，
将你滋养如花草般
丰盛美丽，
将你打造如松柏般
伟岸挺立。
未来无惧，
心生欢喜。

走过喜悦（四）

愿我们以最美的姿态，
拥抱世界。
就像一棵树，
就像一朵花。
此刻，
宁静　愉悦　繁华。

走过喜悦（五）

斑驳的暖阳，
在眉梢流淌，
照见你我喜悦的模样。

愿你我
在这世间，

无论经历怎样的辗转，

不忘初心，

自由灿烂。

究竟是怎样的一个李贞，能写出这样让人心生美好的诗篇。宋佳无从得知。只知道这样的世界，在李贞的眼里一定是很美的吧。不然怎么会有这样优美的诗篇。

影像中国里的风景画廊
序
是赏心悦目的眷恋，
是百转千回的思念。
是喜悦丛生的灵感，
是深情爱着的人间。
让我那样轻易沦陷，
醉在风轻云淡的春天。

祖国的大好河山、万里风光，已敞开怀抱与世界相拥。这让宋佳心生向往。

初到北京

宋佳不是个拖泥带水的人，她若是想好了要做什么，别人是拦不住的。

一个月后，她便辞了工作，带着好奇和向往，在父母的叮嘱和不舍里，坐上了开往北京的列车。

宋佳下了火车，带着简单的行李箱，出了站。她一眼便看见前来接她，向她招手的女子。那女子头戴一顶时尚的米白色遮阳帽，身着浅粉色针织薄毛衣、黑色及膝短裙，肩挎一时尚背包，白皙粉嫩的脸上一弯新月眉，灵动的双目，格外让人移不开眼睛。这样一个赏心悦目的美人儿，无论站在哪儿，都是被众人关注的焦点。路过的人无不想多看两眼。

"佳佳，欢迎你来北京！"接过宋佳的行李箱，林心悦笑说。

"心悦，谢谢你来接我。"

"都是自己人，不用客气，我妈他们在家等你呢。"

两人说着，来到停车场。上了车，宋佳说："心悦，这是你的车吗？真气派。"

"去年买的，150万。"

宋佳听得傻眼了，150万！在老家上班，宋佳一个月也就3000多一点的工资，这得多少年不吃不喝地存啊。可人家林心悦说得风轻云淡，这点钱对人家来说好像根本不算什么。这真是不比不知道，一比吓一跳。

话说这两家人的关系，宋佳的太爷爷原是镇子上的一个老银匠，干了几十年，略有积蓄，有百十亩田地、一处庄园。每每积德行善，舍粥救急，从不取半文钱。后来一日，有一道人来到本镇，听说这宋银匠是救人济危的善心人，便有意来讨斋歇宿。那宋银匠便安顿那道人入舍，款待一月有余。待那道人走时，留下一剂药方，只说作为回报。此药方可治病救人，以后可以为生计。道人自此一别，便再无踪迹。

不觉间又过了数年，宋银匠去世后，不久老妇人因病已奄奄一息，把小儿子叫到跟前说："数年前，有一道人来咱家，给你父亲一个方子，我现在说与你听，切记，切记。"老妇人说完便也仙逝了。儿子号啕大哭，昏厥于地。

醒来时，见一个十八九岁的女子，正从锅里舀出一碗热气腾腾的豆腐汤，端至跟前关切地说："成业哥，你可醒啦，吓我一跳。我爹让我来看宋大娘的病，不想宋大娘已去，又见你昏倒在地，喊你多时不醒，暂就让你歇一歇。连日来，你白天整日去生产队做工，晚上还要照顾宋大娘，这身体怎么受得了？宋大娘的后事还等你安排呢。"

这宋成业，接过豆腐汤，泪像断了线的珠子似的滚落下来。

原来这女子是镇子上卖豆腐张老爹的女儿，年方十八，名叫张芳芳。这张老爹旧时常得那宋银匠的照顾与接济。初来镇上时，租的便是宋银匠家的房子。而今却见好好的一家人，只剩这宋成业一人，便有心将自己的女儿嫁与他，等自己老了也好有个照应。

这宋成业安葬了母亲，便跟着张老爹在镇子上卖起了豆腐。三年后，和张老爹的女儿成了亲，又生了一个儿子。日子就这样清淡平和地过着。

一日，这宋成业去外村送豆腐回来的路上，正碰上刚从仙爷庙里出来的王裁缝。见王裁缝正拭泪，便问："王师傅，发生了什么事，小弟能帮上忙吗？"

王裁缝垂泪说道："我年过四十才得一女，小女今年七岁，格外聪敏，《三字经》《百家姓》早能倒背如流。可惜天不垂怜。从过罢年到这秋里，不思饮食已有八个月之久，但凡是能想到可用的药，都已尽数用过，毫不见起色，而今面黄肌瘦，气若游丝，命悬一线。我今来这仙爷庙，焚香送钱，祈福许愿。愿上天垂怜，让我这孩儿渡过这劫难。"

宋成业听罢说："王师傅，小弟有一药方，可与你那孩儿一试，这是数年前一个道人来我家时，留与我父亲的药方。只说此药方专治肠胃之症，有起死回生之功效。我去照方抓来与你那孩儿服下可好？"

"成业兄弟，若得如此救了我那孩儿，此生愿做牛马报答不尽。"

"王师傅言重了，我这就去。"

宋成业自去镇上药店里抓了药制成药丸，拿去让那小女孩温水服下。

过三四个时辰，那孩子虚躺在床上，拉得满床都是。

待她母亲收拾干净，那女孩竟奇迹般的睁了眼，虚弱地说道："妈妈，我饿。我想吃粥。"

那母亲听说，眼泪一下便流了出来，欢喜地说："好，好。你等着，妈妈这就给你去做。"

出得屋门，便喊那王裁缝说："他爸，这成业兄弟给的药，当真管用。我家的孩儿得救了。也不枉你去那仙爷庙里许一回愿，当真灵验。改日带上孩儿一起去还愿。另要去成业兄弟家当面重谢，他是咱们孩儿的救命恩人。"

"你说得对，礼数是必不能少了的。我先去看看孩子。"

自此，这王裁缝便与宋成业结了兄弟，并说誓不忘成业兄弟的大恩。

这一晃，十五六年的光景又一闪而过。那王裁缝的女儿从小聪敏好学，都说大难不死必有后福，这女孩当时是这镇子上第一个考上了北大的女生。那宋成业的儿子也考上了本市的师范学院。两个年轻人的命运，便由此开启了转折。

宋成业的儿子，便是这宋佳的父亲宋民生，师范学院毕了业，便在镇子上教书。那王裁缝的女儿王悠悠北大毕了业，在北京谋得了一个好工作，嫁了当地一个做珠宝生意的儿子。

这天来接宋佳的林心悦，便是这王悠悠的女儿。

两年前，因王裁缝病重，王悠悠一家人从北京回来。这王悠悠，一直感念当年宋成业的救命之恩，每每从北京回来，都带了厚礼来宋佳家看望。宋佳见过她的女儿林心悦、她的儿子林心明，还有她的丈夫林家翔。她知道这王阿姨家有钱，也听说这林叔叔的爷爷那一辈就是做生意起家的。到了林叔叔这一辈更是遇上了好时机，改革开放让他大展拳脚，开了多家公司，生意红红火火，听父亲说，心明、心悦是名副其实的富二代。只是前几年，对富二代这个词，宋佳并没有深刻的理解。她出生在一个普通的小镇上，父母是小学老师，爷爷奶奶原来以卖豆腐为生。

时间过得飞快，如指缝的流沙。一转眼，二十多年又过去了，这宋民生的女儿宋佳，已经23岁了，这王悠悠的小女儿林心悦也已经22岁了。宋佳比她大一岁，可是在宋佳看来，无论是阅历还是见识、穿衣打扮都不及眼前这位表妹林心悦。大城市长大的富家女果真不普通。思绪飘飞中，只听到林心悦说："佳佳，下车吧，到了。"

"好的。"

下了车的宋佳，目光所及处是一栋三层楼的花园别墅。此时正值五月，花园里的花错落有致，开得五颜六色，香气袭人。

宋佳跟着心悦，穿过花园的小路，径直来到了客厅。流光溢彩的客厅，宽敞整洁一尘不染。最引人注目的是客厅的西边有一幅很大很美的山水画，画中的一花一木、一山一水，都美得那样鲜活，逼真。而这画早已是宋佳心中永不磨灭的记忆，家乡的记忆。画中留白处有诗曰：

诗画南阳

（如意湖东）

青山沐彩霞，

盈盈柳如画。
一池芙蓉荷，
几尾闲鱼跃。
暖风悄悄过，
花香慢慢落。
人间多山水，
只恋宛城美。

宋佳是南阳人，在北京的这栋别墅里、在王阿姨家中看到这幅南阳的山水画，宋佳有一种别样的激动。

"佳佳，你来了，快坐。"一位风韵犹存的夫人，微笑着从楼上下来。

"阿姨好！"宋佳笑说。

"坐火车，累了吧，来喝茶。"

王悠悠招呼宋佳一起坐下，询问一些家中的近况后，又说："佳佳，你能到北京来，我很高兴。你知道吗？当年我想让你爸爸来北京，那时你爸爸刚参加工作不久，和你妈妈正处对象，舍不得离开你妈妈，所以没来。又过了几年，我又让他们来，可你爸说，他有了孩子，孩子还小，离不开他。这一等就是一生，你看你都长大了，20多岁了。我们也都老了，而你爸爸也不愿意再离开家乡了。我也不强求了，只要他们过得好，平安，我也就放心了。佳佳，以后这里就是你的家了。有什么事，有什么需要，你只管和阿姨说就行了。"

"好的阿姨，我会的。"

喝过茶，又聊了一会儿。

王悠悠说："走，咱们到楼上去，我带你看看你的房间。"

宋佳随王悠悠起身，拎着行李箱和心悦一起往二楼走去。

从楼梯处往西第三间，就是宋佳的房间了。

推开房门，里面布置得温馨舒适，一套粉色丝绸系列的床上用品，电脑桌、台灯、空调一应俱全，最美的当属左边墙上的一幅画，画中小桥流水，花影纵横，美不胜收。留白处有诗曰：

诗画南阳

（如意湖西）

蝶舞翩跹处，

有万花盈树。

绿水香暗度，

缤纷影炫目。

"阿姨，谢谢你们给我布置的房间，我很喜欢。"

"佳佳，在我的心里，我们两家人，犹如一家人。我和你爸爸那关系也亲如兄妹，你爷爷如我的再生父母。所以我待你也如待自家孩子一般，那日你爸爸给我打电话，说你想来，我很开心。你爸爸没能来，是我的遗憾，你来了，我也就没有遗憾了。恩情总是要报的，怎奈以前没有机会，你来了，总觉得方能偿还一二。你看这房间里的画，是我特意找绘画大师亲赴南阳，照着家乡的风景画的。光看着，就觉得家乡近在身边了。"

"佳佳，我带你看看我的房间，还有我哥哥的房间。好让你熟悉熟悉。"心悦说着便拉了宋佳走出房间，后又回头对自己的妈妈笑说："妈，我带着佳佳去看看。"

"去吧。"王悠悠看着自己的女儿和宋佳能如此亲密，心中很是欣慰。

"佳佳，这是我的房间，你看和你的房间是一样的。"往前走了大约三米多，推开一扇门心悦笑说。

果真和宋佳的那间房几乎一模一样，不一样的是房间里挂的画。画中的月季那样炫目，那样美丽，有一种芳香四溢的勃勃生机，让人忍不住驻足、观望，恋恋不舍。画中有诗曰：

千面月季

千面月季花玲珑，

留一城百媚千红。

此景只应天上逢，

天上人间在宛城。

"心悦，你喜欢月季花？"

"是啊！你看这画，多美啊。还有我们的园中种了好几棵月季，现在正是五月，那花开得优雅炫目。我非常喜欢！"

心悦像找到了知音，接着说：

"佳佳你看，这是我收藏李贞的关于月季花的一些诗，你欣赏欣赏。"

接过心悦递过来的笔记本，宋佳轻轻地念着：

千面月季（一）

东风拂面来，

百花次第开。

过目不忘谁？

千面月季美。

千面月季（二）
千面月季艳无双，
浓彩轻墨做红妆。
灿若流霞宛若虹，
漫卷芬芳沐宛城。

千面月季（三）
喜悦自是由心生，
浅浅花香落眉中。
笑语盈盈和春浓，
天上人间一般同。

千面月季（四）
春醉五月花满城，
千面月季千面红。
今年赏花何处行？
直达中原入宛城。

　　宋佳一口气读完了心悦手抄的诗集，笑说："也只有李贞才能写出这样别致、赏心悦目的诗呢。想不到啊，你也是李贞诗的爱好者。"

　　"那必须的。你知道，有一句话叫作：情不知所起，一往而深。没办法，喜欢就是喜欢。我不止喜欢李贞诗里的月季，还喜欢这只手镯，你看我戴的手镯，就是用独山的玉精工雕琢的，多漂亮。"

心悦满意地看着自己的手镯接着说："真是一方水土，养一方人。从我那年和妈妈爸爸还有哥哥一起去你们家，看过南阳的风景，便不曾忘记。那年的月季花开得正浓，百媚千娇，从此就入了我的梦。你看我房间的这幅画，真如诗中所说：'千面月季花玲珑，留一城百媚千红。此景只应天上逢，天上人间在宛城。'一幅能让人看了心生喜悦的画，对我来说也只有月季花了。就像你，从小生在南阳，温柔诗意，优雅美丽，像极了这香气袭人的月季。"

"别夸我了，我都不好意思了。哪有你说的那么好。"

"心悦说的没错，宋佳妹妹，真如这盛开的月季花，美好优雅。"

宋佳闻声回头，见是林心明，正微笑映入眼帘。

自那年与心明相识，便有种莫名的情愫，在宋佳心中滋生、蔓延。只是后来，他们一家离开，断了音讯。今又重逢，宋佳更是喜由心生。遂一脸喜悦，笑说："心明哥，你什么时候回来的？"

"开完会，听说你来了，这不立刻赶回来了。家里一切都还好吧？"

"好着呢。"宋佳笑说。对于这个比她大三岁的男生，宋佳有着别样的情怀。那年他们一家到南阳，在宋佳家，二人便有说不完的话，今又见面，依然如见故人那般亲切。

这次宋佳离家来北京，说不清到底是为前程，还是为了一段自己心中念想的尘缘。思绪间又听林心明说："佳佳，那天听说你要来北京，我很高兴。年轻人总要到外面见见世面的。"

"所以呢，我就想着投奔你们来了。愿你和心悦不要嫌弃我才好。"

"看你说的，见外了不是。如今你来了，我们高兴还来不及呢，况且，你是才女，中文系毕业的吧。听说你文采特别好，还做过秘书呢。"

"太枯燥了，所以辞职了。到这里来，是想换换环境，好重新开始。"

"好啊！互联互通的世界，就是为了让每个人尽最大努力找到自己想要的未来，实现梦想。走，不说了。去我房间看看。"林心明提议。

三人一起沿着走廊左拐，第二间房便是林心明的。

这个房间布置得优雅别致，面积也大。书桌上放置着一台大屏幕超薄液晶电脑。紧贴书桌墙壁的上方，挂了一幅清新雅致的《梨花图》，图中有诗曰：

你那样喜悦地盛放，

是我移不开的目光。

满树芬芳浅浅花香，

落满这青葱的山岗。

书桌的左边是一个书柜，里面摆满各样的书籍。

"心明哥，你的房间好肃静啊！"

"静了好啊，静的时候，有好多事情都能想得明白。"

"看你这么乐观的人，还有困惑你的事？"

"一言难尽。以后你想看什么书，到我这里来拿。"

"心明，叫佳佳、心悦下来吃饭。"是阿姨在楼下的声音。

"走吧，咱们下去吃晚饭。"心明说罢三人一起下楼。

来到餐厅，王阿姨、林叔叔已在那里等候，桌上已经摆满了精美菜肴。

"佳佳，以后这就是你的家了，别见外。"林家翔和蔼地说。

"谢谢叔叔！"宋佳笑说。

"坐下吃饭吧，别光站着。"王悠悠笑说。

林心悦拉宋佳挨着自己坐下，林心明挨着宋佳也坐下了。一家人因为宋佳的到来格外的欢喜。

看演出

宋佳在来北京的第一个星期里，重游了故宫，登了长城，去了长安街，观摩了升旗仪式，去了西单，吃了美食，买了几款时尚的衣服。当然这一切的消费都算在了心明的账上。本来宋佳是不同意的，可是拗不过。此外心明又送了一张不知道有多少存款的银行卡。心明说她才来，还没有上班，等挣了钱再还他，宋佳这才收下。

在第二个星期五的时候，心悦说自己有一场演出，邀请宋佳去看。

林心悦从小学习声乐，中央音乐学院毕业，是位不容小觑才华横溢的音乐人。

她在外面的每一场演出都有不菲的收入。她那辆红色跑车，是自己挣钱买的。这世界，给了我们多好的出人头地的机会。只要你有才华，并且有人欣赏，有用武之地，你就是人生的赢家。即便是珍珠蒙了尘，有朝一日，拂去灰尘，你一样可以熠熠生辉，光芒四射。

就像此刻舞台上的林心悦，光环能量的汇聚场，闪耀着魅力。听她的歌让人动情沉醉。

情字

只有一个情字 / 最让人心烦，
爱得深伤得重 / 只有自己懂。
拿得起放不下 / 看心乱如麻。

这世间有没有 / 那样一个天，
没有考验 / 没有 / 折磨没危险。
转身看是你我 / 喜悦的容颜，
尘封在最初回眸 / 一笑的瞬间。

这世间再没有 / 那样一个天，
让我为一个情 / 字 / 泪流满面。
那是我的心 / 还 / 在为你柔软。
回不去的时间 / 你我人海走散。

轻缓伤感缠绵的音乐，千回百转，让人动情留恋。

一曲歌毕，换了曲风。欢快的像小河流水的叮咚，让人忘情。

山花开满的春天

山花开满的春天，

醉了多少人留恋。
她是最美的红颜，
只在这一季灿烂。

山花开满的春天，
芬芳弥漫了时间。
让爱燃烧成火焰，
让相逢没有遗憾。
让喜悦在天地间，
和最美的花一起灿烂。

山花开满的春天，
相逢在最美的人间。
我们爱着山 / 爱着花，
我们爱着世界，
我们爱着你我他。

这就是林心悦，有别人无法替代的优秀。能驾驭多种不同的曲风，完美地演绎自己的感情。

宋佳看完心悦的演出，便来到后台，说："心悦，能不能让我加入你们？"

"怎么，你也想唱歌？"

"有一定的基础，但是绝对没有你那般专业？"

"既不专业，又何必改行，还是做你的老本行文秘专业好了。"

"心悦，我想给你写歌，你的声线那么好，你一定会大红大紫。我想加入你们。行吗？"

"好吧，既然你愿意，随后我和陈总说说。"

"谢谢。"宋佳开心地说。

一份工作

从此，宋佳跟林心悦奔波在商演公司和京城顶级的"皇爵"歌舞休闲会所之间。工作很自由，有了演出就打电话，不过仅限于周一和周三。周五、周六和周日是在"皇爵"演专场。

在跟随心悦的这段时间里，她每天都忙碌不停。找了专业老师学习化妆，找了舞蹈老师学习专业的舞蹈，为的是多学一门技术，就能多挣一份钱。宋佳乐此不疲，这是她愿意做的事啊，她愿意为此付出。早出晚归，甚至还找了专业的声乐老师，学习音乐。

时间过得多快啊，转眼又是一年过去了。在这一年的时间里，宋佳收获了很多。她学会了化妆，学会了演出时需要伴的舞蹈，学会了几首能登台演出的歌，尽管不是最专业，但是在关键时刻还是能做替补的。关键是她还学了朗诵，一首首诗从她的口中吟出，便成了最美的音符。她也因此成了演出公司里一个无可替代的音符。她会化妆，会舞蹈，会唱歌，会朗诵诗。无论是哪一个缺口，她都能替补。这就是一个人的优势。宋佳在北京的一方天地里，完成了自己的蜕变。

一个星期六的晚上，在"皇爵"歌舞休闲会所里，倒映着金碧辉煌的装饰，让人分不清究竟这是天堂还是尘世。

台上霓虹闪烁，歌声悠扬，舞姿翩翩。林心悦的专场。一袭白纱拖地的束胸长裙，烟熏妆，妖娆妩媚。

听音乐响起，歌声流淌。

不醉不归

亲爱的你想玩什么？

一切都由你定夺。

我是今夜的主人，

你是我请的贵客。

亲爱的你想玩什么？

一切都由你定夺。

看月色美星星醉，

红尘繁华夜不睡。

缘分就是一种美，

怎么 HAPPY 都不累。

把我的心我的情，

我的爱给你 今夜，

我们不醉不归。

　　婉转缠绵的歌声所及之处醉了每一个地方，台下的男人们也忍不住邀请身边的美女，循着音乐和流淌的歌声翩翩起舞。

　　今夜，宋佳、林心明，还有和林心明一起长大的张慕，三人在台下喝酒聊天。

　　"佳佳，我请你跳舞。"心明做了一个很绅士的邀请手势。

　　宋佳微笑起身和心明滑入舞池。两人跳着时下流行的双人舞。

　　"心明哥，要是每天与你这样在一起多好？"她伏在他的肩上轻语。这样酥软呢喃的情话，落在林心明的耳里便是极致的魅惑……

　　宋佳不知道的是，从一开始吸引心明的是她长了一张像极了他初恋女友的脸……

　　即便如此，他仍说："或许你已经听说，我的心给了别人，你不介意吗？"

　　待一曲终了，心明的手机响起。

　　"哥，佳佳和你在一起吗？下一个节目该她出场了。"电话那头是心悦的声音。

　　"在呢，一会儿过去。"

宋佳依依别了心明。大厅里，水晶霓虹交相辉映，目之所见处，人影双双，舞步缠绵。难舍难分处，极尽留恋。

台上，是潇婷正在唱着《那样爱你》，歌声千回百转，如她的人一样。

这个午夜　我最美，
因为身边　有你陪，
喜悦让　我的世界　沉醉
一个微笑　一次拥抱
一个眼神　都让我　醉倒

曾经以为　我们不会　有交集
永远都是　擦肩　的距离
而我是　那样爱你
爱到　不能自己

我曾经　无数次
盼望的　那一天
是你终于　出现在我的面前
我喜极　而泣　就如今日
又怎么能　让你离去
因为我是　那样爱你

潇婷，28 岁，身高 1 米 70，身材婀娜。有一双摄人心魄的眉眼，高高的鼻梁下，是两瓣如玫瑰般丰润诱人的红唇。所有女人想要的美，似乎都被她霸占了。

听说她刚来皇爵面试的那天，正巧被皇爵的陈总遇见了，从此对她不能自拔。那年她才 20 岁。潇婷喜欢唱歌，陈总就找音乐老师教她，想跳舞就找舞蹈老师教她，但是所有的老师都是点到为止。所以无论她唱歌或是跳舞的水平都是二流的。

宋佳回到后台，换了一件上白下黑的淑女薄纱及膝束腰连衣裙，波浪式的长发垂肩而下，网眼黑丝袜，白色针织长手套。台上轻音乐缓缓响起，宋佳拿起话筒微微含笑走了上去。诗在音乐和宋佳的动情里流泻。

给你
我与你的今生，
错过了约定的重逢，
便是一生。

疼痛汹涌，
泪在你

看不见的眼中结冰，
心在
回不去的曾经里凋零。

随着时光流逝，
随着曾有的美好记忆，
日渐在凌乱的岁月里翻飞。
我不得不深信，
我曾是那样深情地爱过你。

青春总是一闪即逝，
总让我们在最后的抉择里犹豫，
总让我们在命运的布局里走失。

而在多年以后的今天，
你知道吗？
我放下了，
心中所有悲与喜的负担。
虽然流泪，
却很温暖。

宋佳的诗，朗诵完毕。有服务生前来送了 ·束
娇艳欲滴的玫瑰。接过玫瑰，见台下一个30多岁的

男人，正微笑挥手示意。那男人，一双大小适中的眼，配了一副金丝边框镜，尽显儒雅学者的气质。宋佳礼貌地鞠躬，"谢谢大家。"便转身离开了舞台。

这是午夜场，大家的兴致还高。不断有服务生给台下的客人送水果、红酒饮料，络绎不绝。这家名叫皇爵的歌舞休闲会所，服务生无论男女，年龄都在18—28岁之间，女生身材匀称，长相秀美，男生英俊结实。在这里上班，工资高，待遇也好。所以这里的人热情友善，你欢喜消费，他热情服务，人与人的互动都是一种享受。

最后一场压轴大戏，心悦换了红色吊带的丝绸贴身短裙，头发高高束起，粉面红唇。

在音乐的流泻下，心悦的歌声响起。

爱你的每一秒
爱你的每一秒，
都被思念缠绕，
世界多么美好，
每一朵花儿都微笑，
每一片云彩都燃烧。

爱你的每一秒，
心中思念缠绕，

怎么也忘不了，
回想这幸福的味道，
那样喜悦那样美好。

啦……啦……啦……

爱你的每一秒，
这思念停不了，
数着我的心跳，
跟着节拍舞蹈，
快乐得不得了。

台上的伴舞和心悦一起跟着节拍摇摆。在大家的欢愉和共舞里，结束了本场的演出。

看时间午夜 12 点整，客人徐徐散去。心悦和宋佳来到大厅，心明早已在等候。

"两位美女，我送你们回家。"看到心悦和宋佳，心明笑着说。

"张慕呢？"心悦问。

"他有喜欢的人陪伴，我们不用管他啦。"

情殇成真

　　七夕的前一个月，心悦在忙着排练节目，为的是能在七夕给大家带来一场不一样的美和喜悦。宋佳没有出门，在自己的房间里忙着写诗，好在歌曲和跳舞之间切换，让人有一段舒缓情绪的体验，来满足不同人对生活的畅想和眷恋。

　　高级的休闲会所，真正的功能是抚慰人寂寞的心灵，让那些客人可以找一个放松自己的安全场所。工作可以榨干人的精力，休闲可以放松宣泄人的情绪。两者兼顾，生活才好继续。

　　有敲门声打断了宋佳的思绪，宋佳起身开门。

　　"心明哥，你下班了？"宋佳堵住门口，一副不想让心明进来的模样。

　　"怎么不欢迎我进去坐坐吗？"心明笑着说。

　　"你每天早出晚归，还有时间来看我？"

　　"傻丫头，吃醋了？最近一段时间我是真忙。"说着从口袋里掏出一个精美的小盒子，在宋佳的眼前晃了晃。

　　见宋佳不为所动。

　　笑说："不打算看看？"说罢挤进屋来。

又见宋佳不出声。

方又说："真的不打算看看我送的礼物吗？"

"看在你这么有诚意的分上，特意给我送来，怎么也得看一看，不是？"

宋佳接过打开一看，是一枚闪耀光芒的心形钻石胸针。

"说吧，送我这等贵重漂亮的礼物，为什么？"

"喜欢吗？"

宋佳点头。

"来我给你带上。"

"心明哥，从一开始，我就收你的礼物，莫不是，为让我还不起你人情时，逼我以身相许？"

"你想多了，这是从法国巴黎新进的货，看着格外漂亮，就给你留了一个。至于回报嘛，等我什么时候想好了再说。况且……"

"况且……怎样？"

"你戴上真好看。"

宋佳第一次那样欢喜地拥抱了心明，伏在他耳边轻语："谢谢你，心明哥，我喜欢。"

话说心悦在排练场，此时已经排练到最后一首曲目，无论怎么唱好像都不在状态。无奈之下，只好给宋佳打电话。

心明开车送宋佳过去，后又接了一个电话，是张慕打来的，说有事情让心明过去一趟。宋佳去了排练场，心明开车离去。

300平方米的排练场里，舞蹈老师张教练正在忙碌地指点训练着20位舞蹈演员。宋佳没有去排练场，而是拐进了一间隔音效果非常好的声乐室。

推开门，一位40多岁微胖的中年男子坐在一架钢琴旁正和心悦说着什么。看见宋佳进来便说："可能是心悦排练久了有点累了。你来试试，听说你有音乐的功底，我想听听由你来唱是什么味儿。"说罢将歌词与曲谱递给了宋佳。

"《为你弹一曲思念》！"宋佳惊呼。这是宋佳在大学时常唱的一首歌。而且有次校园歌唱比赛因为这首歌还得过奖呢。不过心悦的老师又怎么会知道呢？

"方老师，这是一首老歌了，我清唱一遍，你听听怎么样。"

"你唱吧。"方老师点头。

是你飞扬的青春
拨动我的琴弦
站在离别的渡口
为你弹一曲思念

思念你喜悦的笑脸
思念你为梦想拼搏
永不放弃的信念
思念我们在一起
走过的同窗三年
朝朝暮暮风雨并肩

这思念　千回百转
就算　天涯路远
为你　永不改变

听完宋佳的清唱，方老师和心悦露出了喜悦的目光。

"佳佳，这首歌你唱得比我好。"

"心悦你不知道，这首歌从流行开始，我就非常喜欢。因为喜欢，所以非常用心。它的每一句，每一个高低的音符我都很熟悉。至于别的歌曲唱得就不那么好了。你是知道的。"

"宋佳，那这首歌就定你唱了，或者你和钟飞扬对唱也行。"方老师站起身来走到门口，回头接着说，"你们两个和我一起去排练场，把歌曲和舞蹈融合在一起，再练练。"

宋佳和心悦跟在方老师的身后来到了排练场。直到所演出的节目排练得让两位教练满意，所有人才散场离去。

话说那天心明接了张慕的电话，开车赶去了约定好的咖啡厅。在服务生的指引下，来到二楼一个雅间。

推门而入，一双盈盈笑眼正含情脉脉地望向自己，那双眼像极了宋佳。唯一不同的是多了一副眼镜，和唇边的一颗美人痣。

"雅晴。"林心明惊喜地喊道。

"心明，我回来了，如约而至。没有违背誓言。"

"为什么不提前和我说一声？好让我去接你？"

"想给你一个惊喜。"

"你们两个慢慢聊。我的任务也完成了。"张慕见两人你一言我一语，自己没有插话的余地，便一个人走了。

话说这张雅晴，是张慕叔叔家的女儿，与林心明在初中时便相识，后来两人在大学时便在一起了，由于张雅晴成绩好，大三那年便出国读书，现如今已拿了美国耶鲁商学院的博士文凭。张雅晴本不想这么早回国，可张慕来电话说：如果你不想失去心明，如果你还爱他，那就回来吧。不然的话心明就被别人抢走了，你自己考虑清楚。

张雅晴亦怕失去心明，在美国多年，也常与心明电话联系。后来二人约定，若她毕业还愿意回来，心明愿等她归来。若不愿，两人便擦肩于人海。

听了张慕的话，雅晴便回国了。

那天之后，她便与心明日日厮守，诉说自己在异国他乡对心明的思念与爱。

自那天心明接了张慕的电话离去，便不曾回家，听说住在城东的一栋别墅里。

再后来宋佳便听说，他以前的女友从国外回来了，两人如今再续前缘，如胶似漆。

再后来她收到了林心明的微信留言：

佳佳原谅我的情不自禁，皆因你与雅晴那样相似，以至于我一时无法分辨，究竟哪一种才是我真实想要的情感。直到雅晴归来，我终于明白，她仍是最初占据我心的那个女孩。请原谅我的无奈。

宋佳看了那留言，一时哭一时笑。突然想起自己曾经读过李贞的诗，就如现在的自己一般。那诗在她的脑中不断回旋，又仿佛有人在她面前悲情吟咏：

我与你（一）

为了与你相爱，

我改变了形态。

像一棵落叶的树，

褪去繁华

只剩孤独。

像一条欢腾的小河，

改变形态，

即便结冰

也要流向你的世界。

我与你（二）

是一厢情愿的枷锁，

束缚了欢乐。

原来改变自己，

并不能换来两情相悦。

顶一身风雨，

落一地寂寞。

原来我在你的世界，

终成过客。

我与你（三）

在你的世界沉默，

再无欢乐。

雪已经覆盖，

曾经的足迹
已被掩埋。

泪已经结冰，
在你看不见的，
我的眼中　汹涌。

我与你（四）

即便寒冬落寞，
心事萧瑟。
我从不后悔，
做了那一只
为爱扑火的飞蛾。
至少从你的世界经过。

那晚，宋佳搬出了林心明家，并与自己的过往做了诀别。从此住在上班处的宿舍。

七夕前夜，王阿姨来电话，说："佳佳今晚你心明哥和雅晴嫂子来家里吃饭，你和心悦一起回来，大家见一面，互相认识认识。"

心悦约了宋佳，提前回了家。让宋佳想不到的是，心明领回的雅晴嫂子果真和自己有几分神似。

那女孩明亮的双眼透着七分的狡黠与聪慧，唇边有一颗让人无法忽略的美人痣。她微笑着，一一与家里人打过招呼。最后她打量着宋佳。后又俏皮地笑着看向心明，说："这一定是你口中的宋佳了，原来长得这般温婉可人。"遂又拉着宋佳的手欢喜地说："见了你，像见了自己亲妹妹一般。很是喜欢。"遂又看向心明说："心明，你说我们像两姐妹吗？"

"很像。"心明笑说。

"嫂子好。"宋佳笑着迎了一句，心里一时五味杂陈。

"有合适的男朋友了吗？"

"还没有。"

"改天嫂子给你介绍一个？"

"好啊。"

沸腾的七夕

七夕的夜晚是沸腾的夜晚，是思念的夜晚，更是让人陶醉的夜晚。

21层楼高的"皇爵"歌舞休闲会所，灯火阑珊，大厅人已爆满。俊男美女、绅士名流、达官贵人在这里享用晚餐，并等待一场精彩演唱会的到来。

而且今夜的贵宾，所有到场的来者，均为未婚青年。

晚上八点演出准时开始。

女主持人来至舞台中央，用满含深情的话语做了开场白：

"亲爱的先生们、女士们、朋友们、伙伴们，大家晚上好！"一鞠躬后接着说，"今夜是七夕，是一个不一样的夜晚，让我们在这个不一样的夜晚里，尽情狂欢！今夜的节目，除了歌舞演出，还有诗歌朗诵。敬请大家期待。现在我宣布今夜的歌舞晚会正式开始！邀请我们皇爵的歌舞皇后，林心悦小姐，为我们带来一首《时间》！"

心悦盛装出场。

一首《时间》，舞者翩翩，歌声悠扬洒满全场。

你说时间是那么的短暂，
仿佛就一个转身的瞬间。
别让流逝的青春有遗憾，
让我们的心变得勇敢，
放下曾经爱与恨的恩怨，
微笑着和往事说声再见。
我们有自由的心和明天，
就不会辜负未来的时间，
让我们一路欢笑着追逐，
就算风霜雨雪也不停步，
让美好的时间都不虚度。
让我们自由着微笑着幸福。

《时间》落幕，《心跳》浮出。

钟飞扬出场。钟飞扬，是皇爵的歌舞王子，长相俊朗，结实匀称。

钟飞扬的狂歌劲舞，让舞台下的俊男美女，忍不住跟着节拍摇摆。

空气里 / 有一种 / 爱的味道，
我能感觉 / 你此刻 / 的心跳。
就是在 / 那一分 / 的那一秒，

你微微 / 含笑 / 转身就逃。
不知道你 / 有没有 / 感觉到，
我就是 / 喜欢你 / 含羞的笑，
喜欢你 / 匆匆无语 / 的味道。
转身能 / 感觉自己 / 的心跳，
虽然分别时 / 都不曾拥抱，
你仍是 / 我记忆里 / 的美好。
是我年少里 / 不能忘的心跳。

人们在钟飞扬的歌声里追忆，欢腾。在掌声里
送他离去。

心悦换了装，又上了舞台，十足美少女的模样。
舞台上，心悦笑说："谢谢大家的厚爱，下面的这首
歌如果大家会唱，就和我一起来！"

说毕，边唱着歌，边和舞台上伴舞的俊男美女
互动摇摆。

一首《狂欢》，把七夕的夜推向欢乐的顶点。

今夜霓虹闪烁，
心中都是快乐，
我们除了狂欢，
还能做什么！
来吧和我一起，

把你的心打开，
跟着跳动节拍
和我纵情摇摆。
啦啦啦啦啦啦
……
这一夜就让爱
让这欢乐主宰。
让心像绽放的
花儿一样精彩。
让今夜的狂欢，
留住每一个瞬间，
留住喜悦的容颜，
也留住你和我
最美好的时间。

人们在心悦的歌声里沉醉，在忘我里宣泄。

为了平复沸点，在心悦的歌与舞落幕后，宋佳登上了舞台。

"大家好，今晚我为大家朗诵两首诗。第一首《尘缘》。"音乐响起，伴舞的是两位俊男美女。舞步从宋佳的朗诵开始纠缠，起落分合，到依依不舍，再到最后的洒泪离别，让人们也体验了一把心灵的震撼。

尘缘

一

是落英缤纷的流年
改变了誓言？
还是万紫千红的春天
让我们走散？
转身在时光里孤单，
泪流了满面。

二

是悲伤发了芽，
在停不下的雨里，
肆意攀爬。
一切因你而起，
悲伤才那样清晰。
要我怎样忘记，
这因你而生的喜悦，
还没有褪去。

千杯酒，
醉一场。

醒来是别时模样，
泪两行。

转身在时光里相忘，
雨绵长，
细密交织的悲伤疯狂。

三
我与你的今生，
从浓情相伴，
到各自安好，
永不再见。
仿佛一切都是命定的尘缘。

宋佳朗诵完，不觉有泪盈出眼角，遂又慌忙轻轻拭去。

和着下一首的音乐，宋佳仍深情咏吟，仿佛诉说的就是此刻的自己。

浮生若真如梦
浮生若真如梦，
我愿是浮萍，
日日夜夜长在你温暖的心中。

可是，在尘世的风景里，
我只是河岸上，
一棵生了根的芦苇。
而在你婉转顾盼的目光里，
虚弱地枯萎。

亲爱的人啊，
在这一生里，
不能被你带走的，
只是秋来深藏的渴望，
和秋过被无视的荒凉。

浮生若真如梦，
就让我是浮萍。
好在你的心海里，
静静起舞，
静静做梦，
陪伴你一生。

在宋佳的《尘缘》和《浮生若真如梦》之后，会场陷入了短暂的沉静。后又是热烈的掌声。

随着音乐场景的改变，潇婷出场了，和她的歌曲一样，就如今夜盛开的花。妖媚妖娆让女人妒忌，让男人心跳。薄弱蝉翼的轻纱，束不住圆润饱满的身材。

"请大家和我，一起唱，一起跳。嗨起来！"潇婷扭动曼妙的腰肢动情地说着，随音乐唱了起来。

今夜花
我就是今夜　盛开的花，
只在今夜　会为你繁华。
来吧来吧　我亲爱的人，
来到这里　醉在我怀里，
就醉在今夜　我的爱里。

我是今夜为你　盛开的花，
所有美丽　都为你留下。
来吧来吧　我亲爱的人，
和我一起　就醉在这里，
醉在今夜　醉在这爱里。
让我和你　没有距离，
让我今夜　是你的唯一。

歌声在台上和台下流转，纠缠的舞姿台上和台下一样缠绵。

潇婷的歌声，在人们意犹未尽里消散。
钟飞扬的《距离》已倾泻而下。

你是天空很美的云朵，
偶尔在我的怀里停泊，
我却给不了你想要的承诺。

你是天空很美的云朵，
注定要随风四处漂泊。
我是一条静静的小河，
你的美丽　你的寂寞，
还有变成雨的承诺，
它清晰的让我好难过。
我想要爱你　只想爱你，
醒来时发现遥不可及。
原来我和你　我和你，
隔着那么遥远的距离。
这距离是　天和地　没有交集。
我只能选择　默默地　守望你

　　一曲歌毕，钟飞扬喜悦地说："谢谢大家的厚爱，
我再为大家送上一曲《让你知道》。"

我要让你知道，
想起你喜悦的笑，
我会莫名地心跳。
我要让你知道，
爱着你多么美好。
就像外面的天空，
雨过天晴看见彩虹，
春暖花开与你相逢。
愿天下所有的爱，
都有美好的未来。
愿世间所有的真心，
我们都好好善待。
珍惜这每一天，
珍惜这每一年，
珍惜这每一次，
与你相爱的时间。
我要让你知道，
心未老 情未了，
爱着你的心，
它是那样美好。

钟飞扬歌完离场，心悦和她的舞蹈队出场。
一曲《正少年》，歌声悠扬婉转，舞姿翩翩。

谁在春日动情地跳，
眉梢含着浅浅的笑。
风儿飘　花香摇，
世间只有你最逍遥。
让那路过的人，
忘了这世间的烦恼。

谁在春日动情地跳，
眉梢含着浅浅的笑，
长衣飘　舞姿俏。
世间只有你最逍遥。
路过你　看过你，
才知道什么是最好。

琴声漫过青山，
芬芳落满人间，
我们爱着的人，
正少年。

　　《正少年》的舞曲结束，心悦又连唱了一首《你还是你》。台下已有好多人随声共唱。

是你爱得太认真
付出了全部
换不回他的心
这样的爱走了
你不必伤心
让冬天第一场
洁白的雪花
淹没曾经的你
和爱过的他
让那春日的
第一缕阳光
把你枯萎的容颜
憔悴的心融化
春天来了你还能
开出最美的花
就像最初的时光
你最初的模样
盛开的那样美丽
那样芬芳
让曾经的快乐
重回你的身旁
找回那久违的
自由时光

不要忘记
你还是你
尘封了昨天
你还可以
重新开始

一曲结束，宋佳登上了舞台。一袭红艳的拖地纱裙，长发垂肩而下。音乐响起，在宋佳委婉长情的吟诵中，台上舞影翩翩，台下静默观看。

尘缘2

一

是谁的青春魅惑了红尘？
匆匆走过，
惊艳众人。
是落英缤纷的流年？
是尘封的誓言？

二

不是　不够爱，
是红尘有太多
我们无法逾越的障碍。
我与你的今生，

159

即便情根深种，
即便转身泪已汹涌，
都已经是曾经。

三
如果时空移换，
今生我们还能相见。
沧桑历尽，
情深不改。
那就让我们回到原来，
再也不要分开。

你的世界

一
你的世界，
温暖如初。
让我忍不住
翩翩起舞，
为爱欢呼。
醉在你
深情喜悦的眼眸。

二

人生是一场美妙的相逢。

心若相应，

爱若相合。

深陷一种快乐，

仿佛全世界的幸福，

都给了你我。

三

执子之手，

与子偕老。

幸福如藤蔓密密缠绕。

记忆里所有美好的时光，

我与你那样欢呼纵享。

我情愿与你就这样，

呈现给世界最幸福的模样。

四

感谢今生，

与你相逢。

让岁月作证，

我们一路美好着前行。

诗歌在宋佳的动情里落幕，引来台下阵阵掌声。

潇婷的一曲《主角》，声线随音乐缠绕。

看最美的容颜妖娆

最深情的双眼含笑

一分一秒把你醉倒

今夜我是爱的主角

要让甜蜜的爱围绕

我的眼神只有你明了

给我你最热烈的拥抱

倾听你最真切的心跳

你的眼神只有我明了

全是幸福快乐的味道

一分一秒纵情燃烧

让我们沉醉在爱的怀抱

永记今夜　的美好

下一首是宋佳和钟飞扬的深情对唱。

为你弹一曲思念
是你飞扬的青春，
拨动我的琴弦。
站在离别的渡口，
为你弹一曲思念。

思念你喜悦的笑脸，
思念你为梦想拼搏，
永不放弃的信念，
思念我们在一起，
走过的同窗三年，
朝朝暮暮风雨并肩。

这思念　千回百转，
就算　天涯路远，
为你　永不改变。

最后是心悦、潇婷、钟飞扬和宋佳四人合唱一首《深陷》。所有伴舞齐聚舞台，和着音乐纵情摇摆。

我们尽情　尽兴　妩媚放纵

要在今夜　就在今夜

燃烧所有　爱的冲动

想爱就爱　想爱就爱

让束缚你的　一切走开

今夜舞曲　缠绵缠绵

让爱陪伴　让心狂欢

让陌生远离　你我视线

像那前世　未了的尘缘

都是深情的　思念思念

让心狂欢　让爱狂欢

让我们在　爱的喜悦里深陷

忘了这世间　所有的时间

一场歌与舞的演出，在人们的喜悦里落幕。

最后主持人在台上激情地说："亲爱的伙伴、亲爱的朋友、亲爱的帅哥美女们，今夜的歌舞晚会结束了，来年七夕我们再会。无论明天的生活怎样继续，共享美好，是我们不变的目标。谢谢大家。"

主持人话音落下，整个大厅的光线已调成七彩的忽明忽暗的炫光，有一种梦幻般的感觉。

大厅的音乐重复滚动播放着四人刚刚演唱的《深陷》。在场人员缓缓离场……

结　局

之后不久，林心明与雅晴结了婚。

林心悦在嫂子雅晴的介绍下相了一回亲。

在一家饭店 212 包间，林心悦接了嫂子的电话赶来。

推开房门是一位眼熟的英俊干净的男生。

"林心悦同学！"那男生近乎惊喜地喊道。

"方有贺同学。"林心悦惊喜于自己的记忆，终于叫出了对方的名字。

"这么多年未见，那么优秀的你还单身吗？"

"那你呢？一样吗？"

两人说罢都笑起来。

"来，坐。"方有贺接着说道，"我记得那时学校每每组织歌唱比赛，你总能拿奖。我只恨自己五音不全，不能与你同台。到现在想起都心有遗憾。"

"你也不错，是学校篮球队的明星，谁人不识呢！我每每经过，总会驻足观望。只可惜当年你的粉丝太多，总也没能注意到我。"

"喔！原来二位是老相识了，有缘，有缘！你们说的话我都听到了。"张雅晴推门而入笑说，"看来我这个媒人是多余的了。"

林心悦笑说："嫂子，有点不地道，还偷听？"

"是你们聊得太忘情，把我给忘了，怨不得我。"

三人吃了晚饭，聊到很晚方散。两人互留电话，心生欢愉。

一天晚上，林心悦收到方有贺的微信留言：

凭诗，表我此刻的心意：

长相忆

此生今世，

情深不移。

心有灵犀，

白首不离。

林心悦看罢，满心欢喜，亦回了一首：

给你

原来 你早已在我的心海，

投下涟漪。

就连那一圈圈细密起伏

的波纹，

都荡漾着欢喜。

方有贺看过欢喜地回："心悦，我们结婚吧！"

林心悦回："等你定日子！"

两人就这样在各自的夜晚里欢喜，互道晚安。

来北京不觉已七年有余，心悦、心明早已结婚。只剩宋佳。

心悦离开皇爵，筹资办了一所成人音乐学校。专为那些爱好音乐的年轻人，提供一个弥补遗憾的机会。学成之后，还可以为这些学员推荐就业的机会。

偌大的皇爵，走了潇婷，走了心悦，就只剩下了宋佳。为了留住宋佳，陈总愿意出双倍的工钱。

宋佳留下了。她在不断的学习和努力下，成了皇爵下一任的歌舞皇后。

她努力赚钱，努力存钱。因为她知道自己没有别人那样显赫的家势，没有背景。只有阿姨他们在她的头顶撑了一把伞，才能让她安然无恙。

所以，她要抓住这个机会。让自己在未来无论做什么事，都有可控的资本。而不是身无分文时，等待别人的怜悯。

陈总的外甥，那个叫张斌的中年男人，隔三岔五都会给宋佳送花。可宋佳的心不属于他。她明确告诉那人，自己是不婚主义者，让他不要对自己抱任何奢望。

可那人铁了心，就仿佛宋佳即便是一块冰，他也能把她揣在怀里融化了。这让宋佳哭笑不得。

那日天降大雨，宋佳刚来上班，却见陈总匆匆离去，后听人说是陈总的母亲住了院，说是肠胃失调综合征引起便秘郁结，十多年了。严重时需住院，靠医疗辅助，非常痛苦。

又过了几天，遇见陈总，见他正在巡视，宋佳说："陈总，听说老夫人病了。现在怎样？"

"十多年的老毛病了，反反复复，昨天病情又重了。"

"陈总，我有一个祖传的方子，可以让老夫人的病根治。"宋佳说。

"若如此，可拿来给我母亲试试。"

"一定。"

第二天上班，宋佳带药入了办公室，陈总问及药的来历。

宋佳说："这药是我们老祖先留下的方子，是宝贵的遗产。我的太爷爷早年与一位道人有幸结缘，是那道人给留下了这一剂传世的方子，堪称肠胃肃清丸，很是神奇。"

陈总听了大喜："快拿来让我看看。"

宋佳将药交于陈总又说："老夫人年岁偏高，

病史也有十多年了，病情不轻，估计半月有余方可痊愈。"

"若果真如此，当感激不尽。"

"陈总言重了，这不过是借先人之手治今人之病罢了。最要感谢的还是我们的祖先啊！"

"受教了，宋佳这药我先收下，待我母亲病好，定重谢。"

"助人之乐为己乐，陈总的心意，我领了。"

一月有余，那老夫人服过宋佳给的药，困扰了她十多年的顽疾，竟奇迹般的痊愈了。

那老夫人欢喜，坐了私家车前来皇爵，要当面谢宋佳。

老夫人入了皇爵，此正是国庆长假时节，见宋佳正在舞台深情地说："应多位朋友邀约，今晚献一首唱给祖国的歌。"

音乐响起，宋佳倾情演绎。

中国，你是我们的梦

转身看多少沧桑巨变，

我们的祖国改了容颜。

万里河山　锦绣璀璨

让今天的我们幸福平安。

中国　你是我们的梦
早已铭刻在我们心中
靠在你温暖的胸膛，
抚摸你曾有的沧桑，
深情地爱着你保护你，
是我们共同的愿望。

中国　你是我们的梦
早已铭刻在我们心中
依着你温暖坚定的目光，
我们看见未来的远方。
我们的心和你一样滚烫。
你用坚强不屈的脊梁，
给予我们无穷的力量，
让你美好　是我们
永不改变　的目标。

中国　你是我们的梦
早已铭刻在我们心中
让你美好　是我们
永不改变　的目标。

台下众人皆和宋佳一起歌唱。一曲结束，老夫人方来到陈总办公室，并让人通知宋佳前来见面。

宋佳入了办公室，见那老夫人神采奕奕。

"姑娘。"那老夫人见了宋佳笑说。

"老夫人好。"

"我母亲今日前来，是为当面谢你。"

"姑娘，你的药很神奇啊！我这病好了，才能身心自若地安享晚年啊！以前饮食上只能吃水果和些流质清淡的食物，还怕上火。即便如此仍是苦不堪言。而今只你这一剂药，竟将这十多年的顽疾给根治了。在这饮食上，我也不必忌口了，什么美食又都可以品尝。俗语说大恩不言谢，我这晚年的幸福可以安享了。姑娘，"老夫人说着从身边的包里拿出一个公文袋递给宋佳，"这是过户在你名下的一套房产，手续都在这里了。"

"老夫人，你客气了。我在陈总这里上班，每每也得陈总关照，一剂药而已，如何敢收你这般贵重的礼物。"

"你不知，我这病，十多年来，百般诊治。其间花费又何止一套房子的费用，而今我乐得相送，你不必拘礼。"

见两人推脱不下，陈总便说："宋佳，这是老夫人的心意，就收下吧。"

"陈总，你这般让我好生为难。"

"姑娘，滴水之恩当思涌泉相报。我现在这般舒心幸福，不是多少钱可以换回的，你受之无愧，无须多想。"

"那恭敬不如从命了，谢谢老夫人。"那宋佳接过公文袋。

又听那老夫人说："姑娘，想再多问一句，有对象了吗？"

"还没有。"

"我给你介绍一个，可好？"

"多谢老夫人抬爱。"

"那就说定了，咱们改天再会。"

"一定。"说罢宋佳别了两人。

刚到后台，只听那钟飞扬说："宋佳来得正好，该你出场了。"

宋佳稍作准备，踏着音乐上了舞台，动情唱了一曲：

最美的天堂

谁在对你轻轻笑，

梦里花落知多少。

青山高高鸟儿绕，

绿水悠悠鱼儿跳。

归来时 正年少

白衣飘飘微微笑。

青山旁　绿水边，
花儿艳　阳光暖，
还有琴声声声曼。
听一曲高山流水，
赋一首鸟语花香，
人间是最美的天堂。

你和我　有承诺，
今生美好不错过。

一曲唱罢，有服务生上台送了花给宋佳，宋佳鞠躬谢了。回后台，看了是张斌送的，附了一首诗：

给你
你可知？
这一生，
我愿倾尽所有，
只想与你相守。

宋佳收了花，下班回了宿舍。拿了那房产手续看了，是马路斜对面，龙达公寓8层一套两居室的房子。看完又重装回袋子里，放进了行李箱里。遂又拿了手机，给那张斌回了微信：

给你
若缘由天定，
自然深情。
承诺太重，
怕负于卿。

愿你我微笑前行，
阅尽风景，
不悔此生。

那张斌收到微信，大喜。遂即打电话给陈总的母亲，请外婆明天务必给自己和宋佳做媒人。那陈老夫人回说："急事缓办，等这两天过后，再约那姑娘不迟。"

谁知宋佳早有决定，在30岁的这年，她的存折里终于有了足够的存款。她看着存折喜极而泣。在回了张斌微信的那一刻，她就决定要离开了。

她以最快的速度，在陈总的诧异与挽留中辞了工作，告别了阿姨一家，重又回到家乡的那一方土地。或许她累了，需要时间歇息，需要告别过去，好等某一个时间再重新开始。

富裕如她，却没了嫁人的兴致和念头。任凭父母怎么说，她无动于衷。

两年后的一天上午，她正窝在屋里看电视，突然接到了母亲的电话说："你北京的一个朋友来家里看你，你回来吧。"

挂了电话，宋佳匆匆开车回了家。

推开门，目光所及处，爸爸和张斌正在客厅聊天。

"张斌？你怎么找到这里来的？"宋佳笑说。

"铁了心要找一个人，办法总是有的。你不辞而别，这两年来，我总是去你阿姨家，我的诚意感动了她，是她告诉我你家的地址，这不，我马不停蹄地赶了过来。"张斌站起身来喜悦地笑说。

"理由呢？"

"我爱你，宋佳。难道你不知道吗？"

"可是我还没有准备好。"

"我已经给你准备好了聘礼，还不够吗？"他说着便把一张银行卡塞在她的手中。

"为我，你不后悔吗？"她把玩着手中的银行卡笑说。

"你看我像是一个会后悔的人吗？我若后悔，又怎么会千里迢迢来找你！"

他走近她身边，拉起她的手深情地说："宋佳，嫁给我吧，让我在往后的余生照顾你、爱护你，好吗？"

她笑着扑进他温暖的怀里，既然上天如此厚爱她，她还有什么理由拒绝呢？

她伏在他耳边柔柔地说："你这般算是在向我求婚吗？"

他放开她，从放在沙发上的一个黑色背包里取出一个精美的心形红色小盒子。

"宋伯伯在此作证，我向你的女儿宋佳求婚。"说罢来至宋佳的面前单膝跪地，打开盒子，取出一枚璀璨耀眼的钻戒。

"宋佳，嫁给我吧。"他诚挚地说。宋佳笑着点头，眼中已有晶莹的泪闪烁。她扶起他，伸出手指，戴了戒指。正如李贞的诗《好时光》所言：

让我们
任性一回，
尽兴一回。
让所有走过的欢喜时光，
都不后悔。

"好，我女儿有婆家了。我也总算可以放心了。"

宋爸笑说，"今中午，我们庆祝一翻，好久都没有这般开心过了。你们在家，我出去准备准备。"说罢他喜悦地走出门外，心中一片欢喜。这个准女婿，他已经从宋佳王阿姨的口中得知，是一个痴情的人，事业有成，若女儿跟了他，一定不会受委屈的。已经 32 岁的女儿，有这样一个男人给她一个家，爱护她，真是感谢上天垂爱。

后 记

宋佳是一个小女人，没有那么强的事业心，她认为小富即安。她嫁给了张斌，在张斌的宠爱里，她生了一对龙凤胎。照顾儿女成了日常的功课，悉心栽培，变成了她余生的课题。她想这便是一个平凡女人的幸福吧。

2020年10月12日上午9点于南阳丰源小区完稿